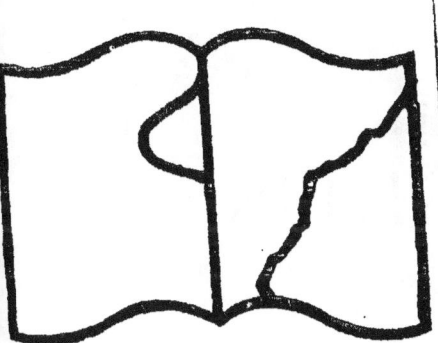

Couvertures supérieure et inférieure
détériorées

Début d'une série de documents
en couleur

A. ROBIDA (?)

NOUVEAUX CONTES
INCONGRUS

Illustrations par CH. CLÉRICE

PARIS
LIBRAIRIE ILLUSTRÉE
8, RUE SAINT-JOSEPH, 8

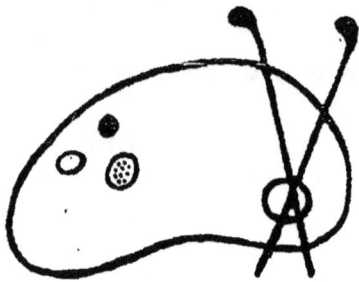

Fin d'une série de documents
en couleur

NOUVEAUX
CONTES INCONGRUS

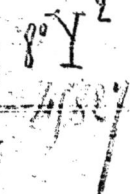

ÉMILE COLIN — IMPRIMERIE DE LAGNY

ARMAND SILVESTRE

NOUVEAUX CONTES

INCONGRUS

PARIS

A LA LIBRAIRIE ILLUSTRÉE

8, RUE SAINT-JOSEPH, 8

LE NEZ SYMBOLIQUE

LE NEZ SYMBOLIQUE

I

Et mettez, je vous prie, que cette histoire n'est pas de nos jours, mais bien du temps où les oints du Seigneur paillardaient quelquefois avec les vilaines, ce qui ne se voit plus aujourd'hui. Oui, mettez cela, je vous en prie ; car si particulièrement ai-je vu des goujats dire du mal des prêtres de leur temps, que pour rien au monde je ne voudrais qu'on me crût de leur compagnie. L'abbé Itoine, que je vous présente d'ailleurs, et à qui les mauvais plaisants seulement donnaient le nom de Père, était un excellent homme et qui ne subissait, peut-être, qu'une fatalité de la nature à son endroit. Il avait le nez le plus prodigieux du monde, et il paraît qu'il en est quelquefois du nez comme des signes de Lavater qui ont, en quelque endroit du corps, leur mystérieuse sympathie avec ceux du visage. Ce nez mérite une description, tant il était cocasse et monstrueux. En pleine révolte avec les saines traditions de la plastique, il jaillissait de dessous le front, au lieu de le prolonger, et s'en allait tout droit, comme une pomme de terre allongée, ce qui donnait à son propriétaire l'air à la fois benêt et curieux, naïf et indiscret. D'aucuns prétendaient que, tout petit, à l'âge où les cartilages sont essentiellement malléables, l'abbé, enfant, avait fourré son nez dans une souricière et l'avait prodigieusement allongé, en l'en voulant dégager. Mais cela était une fable, comme celle du dindon de Despréaux peut-être, moins déplaisante cependant pour celui qui en était l'objet. Pourquoi le doux Itoine n'aurait-il pas été simplement victime d'une fantaisie du hasard, qui les a toutes? D'ailleurs ce nez difforme, et comparable à la tour de Pise, n'avait rien pour lui nuire. Au contraire, de superstitieuses paroissiennes ne s'en sentaient que davantage portées vers lui. Mettons que ce fût par cette pitié naturelle aux femmes pour ceux que le destin a disgraciés par quelque endroit. Notre abbé ne chômait pas de pénitentes, je vous le jure, et ce

n'était pas au confessionnal seulement qu'elles lui
ouvraient leur âme où s'obstinait le plus délicieux
des péchés. En revanche, les maris le regardaient
en louchant et feignaient de le trouver ridicule. Il
se contentait de les appeler « mauvaises langues »,
ce qui faisait rire leurs femmes, et ils n'en étaient
pas moins cocus pour s'être fait dire pourquoi.

Toutefois Guillemette, dame Guillemette Malpertuis, femme du fermier Malpertuis, bien que plus
sincèrement éprise, peut-être, qu'aucune autre, du
séduisant vicaire, avait jusque-là résisté à la tentation de se confesser à lui jusqu'au bout. Et c'eût été
pain bénit cependant que ce Malpertuis fût déshonoré dans ses lares conjugaux, vu que c'était un
homme sans foi, qui passait tout le dimanche à
boire, et ne souffrait même pas, de crainte de
l'abbé, que sa femme suivît les saints offices qu'elle
lisait, toute seule, enfermée en sa chambre et sans
renifler seulement le moindre souffle des encens
sacerdotaux, ni ouïr davantage les gémissements
harmonieux de l'orgue à travers le vol angélique
des hymnes sacrées. C'est ainsi qu'il lui avait positivement interdit d'aller à la messe de Noël, cette
nuit-là, bien que tout le village y fût, un beau
réveillon, tout parfumé de charcuterie, suivant la
dévote visite au berceau du Dieu nouveau-né. Et,
le malotru, s'était-il couché, ce soir-là, plus tôt
encore que de coutume, forçant Guillemette de se
mettre à son côté, malgré que celle-ci le prévînt
qu'elle en aurait la digestion coupée du cassoulet
qu'ils venaient de manger à dîner. Mais, une fois
au lit, Guillemette ne s'endormit pas. Un projet de

vengeance bien naturelle roulait sous son joli front
perdu dans une admirable chevelure noire. L'abbé
avait, plus pressant que jamais, imploré un rendez-
vous pour ce soir-là même, avant la messe, et il
l'attendait dans la grange. Ah ! ma foi ! tant pis !
Elle s'y rendrait et il arriverait ce qui pourrait. Son
mari n'aurait que ce qu'il avait mérité.

Et, durant que ce grossier Malpertuis, ayant
négligé le plus aimable — sinon le plus saint de ses
devoirs — ronflait comme une toupie, couchée
qu'elle était, auparavant, dans la ruelle, elle l'en-
jamba tout doucement, et sauta, sans bruit, du lit.
Peut-être entendit-il bien quelque chose ou éprou-
va-t-il quelque mouvement, mais il n'y prit garde,
prévenu qu'il avait été, par sa femme, qu'elle serait
vraisemblablement incommodée

II

L'impatient Itoine, blotti parmi les fourrages,
faillit s'évanouir de joie en voyant la jolie fermière
se glisser, pieds nus, et presque en chemise, dans
la grange, sous un beau rayon de lune qui mettait
de petits diamants dans sa chevelure dénouée.
Guillemette, elle, était toute tremblante et pleine
déjà de remords. Ah ! mes petits compères, vous
comptiez sur une histoire de haulte gresse, comme
disaient nos aïeux ! Dépourléchez-vous les ba-

bouines. Tout se passera fort honnêtement dans ce
conte que j'écris tout exprès pour les petits enfants,
ceux surtout qui, comme feu Ovide, ne se peuvent
consoler de la longueur d'un nez qui fait rire leurs
camarades. Qu'ils attendent, de la Providence,
quelque miracle, comme celui que vous allez voir,
pour les en débarrasser. Itoine, tout d'abord, se mit
à genoux devant Guillemette tremblante, mais elle
lui fit observer qu'elle n'était pas le saint sacre-
ment. Alors, toute frémissante, il la voulut prendre
dans ses bras. Mais elle lui défendit si bien de l'en-
lacer qu'il les dut tenir collés le long de son corps
comme un soldat au port d'armes. Troublé lui-même
par je ne sais quel respect de cette farouche vertu,
il voulut, du moins, cueillir un baiser sur ce beau
visage qui se reculait de lui. Il avança donc son nez
sans faire attention qu'ils étaient juste au-dessous
du couperet du hache-paille. Il allait effleurer la
joue de Guillemette quand, entre eux deux, le couperet, secoué par quelque maladroit mouvement,
s'abattit avec un fracas épouvantable. Guillemette
qui sentit bien, tout de suite, qu'elle n'était pas
blessée, se sauva comme si elle avait un incendie à
ses trousses. Mais le malheureux abbé Itoine ne put
retenir un cri et porta vivement, à son visage, sa
main qui s'y aplatit, ne rencontrant plus le mémorable piton qui lui servait de poste avancé et de
défense. Se tamponnant d'un gros bouquet de foin,
il regagna piteusement le presbytère où les enfants
de chœur s'impatientaient déjà, le coup de minuit
étant tout près de sonner.

III

Guillemette, elle, sous un beau scintillement
d'étoiles dans le ciel clair, avait regagné tout doucement sa maison. L'huis, laissé entr'ouvert, glissa
sans bruit, sur ses gonds. La voici déjà dans la
chambre conjugale, toute frileuse, et ramenant tout
son linge sur sa poitrine haletante. Elle dut cependant desserrer les mains dans le mouvement qu'elle
fit pour passer une seconde fois au-dessus de son
époux et regagner sa ruelle. Les plis du tissu se
dénouèrent et il en tomba quelque chose — le nez,
parbleu! du pauvre vicaire qui y était engagé,
arrêté dans sa chute, au délicieux détroit des nénés
où le fripon s'était plus attaché encore que les
Anglais à celui de Gibraltar. — Notre Malpertuis
qui dormait, Dieu merci! toujours, reçut le morceau
détaché en pleine figure, ce qui lui fit faire un sou-
bresaut. Mais il ne se réveilla pas tout à fait pour
cela, et, rêvant à demi sans doute, se contenta de
dire à sa femme : — « Ma mie, durant que vous
étiez là-bas, vous auriez bien dû faire votre ouvrage
jusqu'au bout. » Puis il reprit son ronflement
d'orgue, cependant que Guillemette, ayant senti
aussi quelque chose tomber de sa chemise, cherchait à tâtons par-dessus les draps. Elle trouva
enfin, eut un mouvement d'horreur en appréhen-

dant l'objet, le prit du bout des doigts, fit une nouvelle enjambée de Malpertuis, et, ouvrant sournoisement la croisée, jeta dans la rue le corps du délit
qui s'y allongea encore un peu sur le pavé, mais à
qui la gelée ferme qu'il faisait cette nuit-là rendit
promptement sa rigidité.

Après quoi Guillemette se recoucha enfin pour de
bon, ne pouvant retenir, en escaladant son mari
pour la quatrième fois, un petit bruit de satisfaction
intime qui eût pu valoir à celui-ci le sobriquet de
Pont des Soupirs.

Le bel égoïsme féminin étant un de ses charmes,
elle s'endormit doucement sans plus penser à la
mésaventure du pauvre abbé, parfaitement heureuse
d'en être sortie elle-même sans dommage pour sa
bonne renommée. Elle remercia même la sainte
Vierge et son patron saint Guillaume d'avoir montré
leur bonté en l'arrachant au péril si miraculeusement et sans qu'il lui en coûtât une once de son
honneur.

IV

Cependant les cloches carillonnaient à toutes
volées. Les pas des fidèles en sabots sonnaient,
secs, sur la terre dure, comme un chapelet de noix
qui s'égrènent par le trou d'un sac. L'étoile du
berger rayonnait dans le ciel, d'un éclat mystique

1.

et inusité, et tous les autres astres, vêtus d'or
comme des Mages, semblaient l'adorer. Et le cortège
emmitouflé, encapuchonné, murmurant ses ro-
saires, fillettes hypocrites qui danseront au réveillon tout à l'heure, vieilles sempiterneuses qui
ont beaucoup dansé autrefois, marmotteuses de
patenôtres, dévideuses de litanies, le cortège se
dirigeait vers la petite église dont les vitraux
éclairés mettaient des taches rouges, jaunes et
bleues, dans la monotonie de l'horizon. Une
poussière de givre argentait les silhouettes noires
des arbres poudrés comme d'antiques marquises.
Le firmament était à peine jaspé de petits nuages
longs qui, aux environs de la lune, se teignaient
d'une vapeur froide d'émeraude. Et, dans ce frileux
décor, les ombres se suivaient, traçant à terre
comme une forêt qui marche, qui rampe plutôt.

Dans ce brouhaha, dame Briguenouille, qui
n'avait pas moins de quatre-vingts ans, marchait
un peu en arrière, sa lanterne à la main. Or, voilà
qu'en passant précisément devant la fenêtre des
Malpertuis, elle buta contre une pierre, ce qui fit
tomber, de la lanterne, la chandelle qui était dedans
et qui s'éteignit en s'écrasant sur la mèche. Voilà
notre pauvre dame Briguenouille, avec ses mauvais
yeux déjà, dans une obscurité presque complète,
d'autant que les impatients du cortège ne l'atten-
daient pas et que leurs rares falots allaient s'effaçant
dans la brume. Douloureusement, avec des craque-
ments de machine rouillée, dame Briguenouille se
baissa, sa maigre croupe traçant dans l'espace un
triangle noir. Elle caressa le sol des mains, de ses

petites mains ridées et bossuées comme des sar-
ments de vignes. Dieu soit loué ! elle avait retrouvé
sa chandelle. Elle lui sembla même plus longue
qu'auparavant. Elle la replaça dans la lanterne,
mais n'ayant pas d'allumette ni de briquet sur elle,
dut se résoudre à achever sa route presque à tâtons,
guidée seulement par le petit sillon de lumière
vague que le cortège, déjà lointain, laissait derrière
lui.

Elle parvint enfin à sa place. Et, comme tous les
autres, à défaut de cierges, avaient gardé leur falot
allumé, elle voulut remettre une flamme au bout de
sa chandelle. Mais quand elle la tendit, pour cela,
à une voisine, ne s'apercevant pas elle-même qu'il
n'y avait pas de mèche au bout, celle-ci poussa un
cri d'horreur. Ce fut bientôt une rumeur épouvantable sur tous les bancs. C'était le nez gelé de
M. le vicaire que dame Briguenouille avait fiché
dans sa lanterne.

Et ce ne fut pas l'abbé Itoine qui dit la messe de
Noël cette nuit-là.

V

— Voilà, me dit Cadet-Bitard, une petite histoire,
laquelle, avec un changement de rien, serait la plus
incongrue du monde. Et, allumant une cigarette, il
improvisa ce sonnet :

MOT HISTORIQUE

C'est un proverbe de là-bas :
Grand nez, sur masculin visage
Est toujours d'excellent présage
Pour celui qu'on nomme tout bas

Grand clocher ne dépare pas,
— Dit-on encore — un beau village :
Pour la femme, surtout, volage,
Les grands nez ont beaucoup d'appâts.

Vous savez la réponse exquise
D'Henri Quatre à cette marquise
Qui, voyant le sien, demandait

Si tout était de même sorte ?
— « Madame, des deux que je porte,
Le plus haut n'est que le cadet ! »

LE FAUX ZACHARIE

LE FAUX ZACHARIE

I

— Non, marquis, je ne puis être votre maîtresse.

Il poussa un si gros soupir que les bougies en tremblotèrent, et, sur un ton larmoyant de reproche, il murmura :

— Pourquoi ?

— Parce que je ne suis pas faite pour les amours inquiètes et mystérieuses, pour les aventures ca-

chées, pour les furtives tendresses. Il n'est rien où
le bien-être et le confortable me semblent plus nécessaires qu'en amour. C'est chose de luxe, n'est-ce
pas, pour une femme mariée. Le mot vous choque?
Mettons : c'est art d'agrément. Alors ne l'encom-
brons pas de mille ennuis. Le vieux proverbe qui
dit : Où il y a de la gêne il n'y a pas de plaisir, est
particulièrement applicable ici. Je ne tromperai
mon mari qu'avec un homme si bien mêlé à notre
vie familière que ce soit un second lui-même, dans
des conditions de cordialité telle qu'il n'y reste place
pour aucun soupçon. Mais prendre un amant que
M. Batifol ne puisse connaître et aimer comme moi,
un galant qui m'attende à d'obscurs rendez-vous
où l'on s'enrhume dans des chambres mal chauf-
fées...

— Mais, Madame, mon intérieur de garçon est le
plus confortable du monde...

— Aller chez vous, maintenant ! Pour qui donc
me prenez-vous, marquis, que vous m'osiez pro-
poser une telle inconvenance ! Je n'ai aucune envie
de me compromettre par des démarches équivoques.
M. Batifol cherche un associé pour son commerce.
Si ce garçon, qui vivra avec nous, me convient, je
verrai ce que j'aurai à faire.

— Mais je pourrais être cet associé, Madame ! J'ai
une écriture superbe, une certaine expérience des
affaires. J'ai eu un prix d'arithmétique au collège.
Mon nom ne ferait pas mal dans un acte de société.

— Impossible, mon pauvre marquis. Ce n'est pas
un gentilhomme que mon mari veut pour collabo-

rateur. Il a des idées arrêtées à ce sujet. Il veut un
Juif.

— Hein?

— Et M. Batifol donne à ce choix des raisons
excellentes. Il me faisait relire la Bible avec lui,
l'autre jour, et me montrait comment les prophéties
se sont accomplies de point en point. Tandis que
les autres races s'appauvrissent, celle-ci continue à
croître et à multiplier comme les étoiles du ciel et
comme les sables de la mer et les Juifs demeurent
plus que jamais le peuple de Dieu en un temps où
le seul Dieu est l'argent. L'opprobre même où les a
traînés le moyen âge a été pour eux comme le fu-
mier où l'antique foi de Job s'est retrempée. Ils
sont vraiment la souche élue pour dominer le reste
des hommes et, pour faire valoir les biens terrestres,
dans cette vallée de larmes, il n'y a encore qu'eux.
M. Batifol est aussi voleur qu'aucun autre commerçant, mais il lui manque cependant ce je ne sais
quoi qui rend le vol définitivement profitable. Voilà
ce qu'il veut trouver dans celui à qui il confiera
la merveilleuse manière qu'il a découverte pour
vendre dix francs ce qui lui revient juste à dix
sous et faire rapporter quatre-vingt-dix pour cent à
nos modestes économies.

— Madame, s'écria-t-il vivement. C'est certainement le dieu d'Abraham qui vous a inspirée de
me tenir ce langage. Le nom de Jéhovah soit béni

Et, comme elle le regardait avec un étonnement
de quelque impertinence :

— Pour vous séduire, Herminie, poursuivit-il,
j'avais usurpé un faux titre et un faux nom. On

m'avait dit que cela réussissait encore dans la bourgeoisie. Mais sous les espèces mensongères du marquis de Pète-Lucette, que je vous avais présenté, regardez le plus humble des fils d'Israël, un sémite d'irréprochable origine, le propre petit-fils du marchand d'éponges qui offrit à Jésus, sur le Calvaire, un petit verre de fiel. Donnez-moi un de vos cheveux d'or, que je le fende en quatre. Tout petit, je prêtais des billes à mes camarades à la petite semaine. On me traitait de pingre, même dans ma tribu. Mon nom est Zacharie. Mon père s'appelait Joas et mon grand-père Zébulon. Mais vous n'avez donc pas regardé mon nez ?

— Il me rappelait celui d'Henri IV.

— Justement ! Henri IV était un roi très économe. Il ne se nourrissait que de poule au pot.

— Et très galant. J'avoue que cette ressemblance nasale avec lui m'avait tout d'abord rendue bienveillante à votre égard. Eh bien, mon cher Zacharie, si vous avez des fonds à mettre dans une affaire, faites-vous présenter à M. Batifol. Il me consultera certainement et je vous agréerai comme associé de la maison, avec des droits égaux aux siens, dont vous voudrez bien cependant jouir avec la discrétion d'un homme bien élevé. M. Batifol n'est ni soupçonneux ni jaloux ; mais il faudrait éviter cependant de lui mettre son déshonneur sous le nez, qu'il a d'ailleurs petit. Car si son physique ne tient pas, il est juste de dire qu'il ne promet rien non plus. Je crois que nous pourrions ainsi être parfaitement heureux tous les trois. Il le faudra pousser à l'économie, mais non pas cependant au point de me priver de toi-

lette. Vous seriez là d'ailleurs pour y subvenir délicatement.

Il écoutait cette femme miraculeusement sensée
avec une admiration passionnée dans les yeux, à
genoux devant tant de sagesse, fou du bonheur en-
trevu et si correctement réglé. Et tout justifiait son
extase. Car madame Batifol ne se contentait pas
d'avoir des principes d'une admirable philosophie.
Elle y joignait une belle corpulence, bien étoffée
qu'elle était de chair ferme et savoureuse, délicieusement mamelonnée, infiniment tentante dans sa
grâce un peu bourgeoise, manquant d'au-delà comme
pas une, mais faisant présager de fort agréables en-
deçà. Blonde, les yeux bleus, ce que les imbéciles
appellent volontiers un air poétique, et ce qui cache,
en général, d'exquises natures d'huissier, les appétits les plus positifs du monde.

II

Comme vous l'avez pu voir, par son commentaire
érudit de la Légende juive, M. Batifol n'était pas un
sot. Il était même très fin de siècle et très fin d'esprit, en n'ayant d'autre préoccupation que de ne se
point laisser duper par ses contemporains, mais de
les duper, au contraire. Il avait de la lutte pour la
vie une compréhension féroce, un instinct impitoyable. De là son estime pour le peuple qui en a

donné le plus mémorable exemple dans l'histoire
de l'humanité. Sentant sa femme animée, au fond,
des mêmes âpretés que lui, dans la recherche du
gain, il ne supposait pas qu'elle pût être préoccupée
d'autre chose que d'acquérir. En quoi il se montrait
moins observateur. Car il est rare que la femme
abdique tout à fait son invincible instinct de trom-
perie, sinon les sensualismes originels dont la vie
factice des citadines a quelquefois raison. Il avait
raison de croire qu'Herminie était incapable d'attendre Roméo au balcon de Juliette. Mais il avait
tort de ne pas supposer qu'une bonne petite amou-
rette sans danger, un adultère bien plat et sans courage, ne pussent lui être agréables. Au demeurant,
la vertu qu'inspiraient de sérieuses croyances était
encore le seul gage valant quelque chose des anciennes fidélités. Je ne parle pas de l'amour qui en
demeure le plus noble et le plus précieux. Mais s'en
remettre à l'apathie apparente du tempérament, ou
aux conditions sans idéal de la vie, du soin de ne
pas être cocu, est, Dieu merci, une dangereuse uto-
pie. Ceux qui confient leur honneur à l'un ou à
l'autre de ces néants, sont comme des bateliers
voulant voguer sur un gouffre sans eau. Le faux
marquis — ou le faux Juif — car nos recherches ne
nous ont jamais révélé le véritable état civil de ce
drôle — remplit en conscience le programme que
madame Batifol lui avait tracé. La maison devint,
deux jours après : *La maison Batifol, Zacharie et Cᵉ·*
Elle l'était le jour et la nuit aussi. Car M. Batifol,
ne rentrant jamais que fort tard, après sa partie de
dominos au cercle, trouvait son lit tout bassiné par

M. Zacharie qui, lui aussi, jouait au cercle, mais
pas avec des dominos. Et, miracle pour lui seul !
trouvait-il encore sa femme de meilleure humeur
que par le passé, ne le grondant jamais d'être
demeuré trop tard dehors, très bien préparée d'ailleurs aux légitimes délices qu'il se permettait encore quelquefois. Les alouettes lui semblaient tomber du ciel toutes rôties. Et le paresseux imbécile
trouvait cela meilleur, comme si les soins délicats
de la cuisine amoureuse n'apportaient pas au repas
son meilleur ragoût et comme s'il était plat aussi
délicieux — au lit s'entend — que celui qu'on a préparé soi-même. Insensé le vaniteux qui refuse d'être
le marmiton de son propre bonheur. A moi le petit
bonnet de pâtissier que vous font deux cuisses bien
blanches... Décidément, malgré ses idées à la Bossuet du *Discours sur l'Histoire universelle*, M. Batifol n'était qu'un sot.

Et M. Zacharie? Eh bien, M. Zacharie n'était qu'un
évaporé. Quelle douce, et longue, et pratique existence il aurait pu s'assurer dans cet intérieur charmant, en prenant au sérieux ses fonctions de colla-
borateur diurne, aussi bien que de nocturne associé !
Mais non. M. Zacharie ne songeait qu'à faire l'amour
avec madame Batifol, le soir, comme je l'ai décrit, et
le jour avec mademoiselle Ursule, femme de chambre
de celle-ci, une brune tout à fait copieuse et appétissante. Madame Batifol, s'étant aperçue du manège,
changea de camériste. Mademoiselle Ursule devint
successivement mademoiselle Eulalie avec un petit
nez en l'air; mademoiselle Hortense avec des fri-
sons d'or sur le front; mademoiselle Adélaïde avec

une mouche sur la joue gauche. Mais ça était bien
égal à M. Zacharie qui professait, en amour, un
libéralisme éclectique et qui n'en prenait pas moins
tout ce qui se rencontrait sous le tablier. De là des
querelles entre madame Batifol et M. Zacharie, querelles sournoises dont M. Batifol ne devait pas
entendre un seul mot. Mais madame Batifol était
de moins bonne humeur à minuit, quand son mari
rentrait, et celui-ci recevait les éclaboussures de ce
méchant état des esprits. C'était un commencement
évident de désaccord dans le vertueux trio.

III

Mais ce fut bien autre chose quand M. Batifol
s'aperçut que M. Zacharie n'entendait rien du tout
au négoce, n'y commettait que des sottises et lui
faisait perdre beaucoup d'argent. Il crut d'abord à
une habileté de sémite renforcé qui cache son jeu.
Mais le bilan annuel vint déposer sous une forme
implacable. C'était la ruine, en habit d'Abraham,
qu'il avait introduite dans la maison ! *Indè iræ*. Devant son grand livre, cette Bible du commerçant, il
se mit à blasphémer comme un diable et à se verser
dans la barbe toute la cendre de son cigare en signe
de deuil. Puis il manda M. Zacharie et commença
de l'invectiver de la belle façon.

— Mauvais Juif ! lui criait-il. Mauvais Juif !

M. Zacharie se redressait avec une dignité offensée. Mais l'autre, continuant :

— Je parie que tu n'es pas seulement circon...

— Halte-là ! hurla à son tour M. Zacharie. J'en ai assez de tous ces potins de femmes.

Et, comme M. Batifol le regardait stupéfait :

— Je parie, moi, continua-t-il, en frappant du poing la table, que c'est la vôtre qui vous a dit ça !

PETITES GENS

PETITES GENS

I

Ceci est un écho de la dernière Épiphanie. Ce mot : écho, vous inquiète, marquise ? Rassurez-vous. Rien de bruyant dans cette aventure, la plus pacifique du monde et dont les personnages sont ce que mon ami Coppée appelle des humbles ! J'entends de petits bourgeois « guaignant cahin caha leur paouvre et paillarde vie », comme l'a dit Rabelais.

On s'y amuse à peine quelquefois l'an, chez ces pauvres diables, et l'on y chôme certains saints, bien plus par tradition que par piété réelle. C'est ainsi que madame Bouldevesse n'aurait jamais manqué de réunir quelques amis pour manger le gâteau des Rois. Des personnes sans cérémonie, bien entendu, des voisins, le ménage Cubéni, le ménage Pisselard, le ménage Battopieu, voire quelques célibataires, M. Pètenouille, receveur principal de l'octroi, et M. Chatempoche, élève pharmacien, plus connu, dans la maison, sous le nom de Raoul, et que M. Bouldevesse traitait avec tous les égards dus à l'homme qui nous fait cocus.

Pètenouille avait autrefois rempli le rôle, sans grand éclat d'ailleurs. Les comparaisons avec son successeur lui avaient été infiniment défavorables. C'est par pur sentiment des convenances que madame Bouldevesse recevait encore cet invalide de l'amour. Mais elle l'avait formellement pris en grippe et il n'était si méchant tour qu'elle ne lui jouât à l'occasion. Pètenouille n'était pas seulement, en amour, avare de sa personne; mais, en toutes choses, il l'était de son argent. C'était ce qu'on appelait, au temps d'Henri IV, un ladre vert. Pas un bonbon au Jour de l'An; pas un bouquet à la fête. Mon Dieu, la ville ne paie pas très cher les académiciens en petite tenue qui nous fouillent aux barrières. Mais il n'est pas besoin d'être riche pour être prévenant.

> Ce sont les plus petites choses
> Qui témoignent le plus d'amour.

a dit Sully-Prudhomme d'une façon exquise, et
c'est un distique que je répète à toutes mes bonnes
amies quand vient le Petit Noël si tôt suivi du Premier Janvier. Mieux qu'un sonnet, deux vers
comme ceux-là valent un long poème. Pètenouille
avait une autre habitude malpropre. Il ne manquait
jamais d'avaler la fève, le jour des Rois, quand elle
se trouvait dans sa part de gâteau, pour n'avoir pas
de libéralités à faire. Aussi ses galettes semblaient-
elles, ce jour-là, faites par des pâtissiers tellement
républicains qu'aucune concession n'y était faite
aux jolies superstitions d'autrefois. C'est, en particulier, de cette petite vilenie que madame Bouldevesse avait résolu de se venger, et, pour cela, s'é-
tait-elle tout naturellement adressée à son petit
Chatempoche, aussi généreux que son ancien rival
l'avait été peu. Chatempoche n'hésitait jamais, en
effet, à chiper quelque drogue dans le laboratoire
de son patron pour l'offrir à ses connaissances. C'est
ainsi que celles-ci étaient toujours fournies de Rigol-
lots première, d'Huniady-Janos de la Comète, d'émol-
lients savoureux, de constipants héroïques, de toutes
les consommations, en un mot, qui ne se prennent
pas toutes par la bouche. J'ai un homonyme qui a
fait autrefois un tableau que l'Institut a véhémente-
ment admiré et qui représentait Locuste donnant
une consultation à Néron. Le complot qui se trama
entre madame Bouldevesse et son amant ne fut pas
moins terrible. Le pauvre Pètenouille, en dépouil-
lant les voyageurs au nom du budget municipal, ne
se doutait guère de ce qui se tramait contre lui. Il
s'agissait de lui faire avaler, deux années de suite,

2.

la même fève et de le confondre après. Car ceci se
passait, il y a un an, s'il vous plaît, en l'an de
grâce 1890 que nous venons de classer à la biblio-
thèque des vieilles Lunes avec les poésies complètes
de M. Camille Doucet.

Une fève métallique de petites dimensions, d'une
déglutition facile, d'un aspect débonnaire, fut donc
choisie. On y inscrivit le millésime de l'année. Le
perfide Chatempoche y perfora un petit trou dans
lequel il glissa une excellente poudre purgative,
fermant ensuite le pertuis avec une boulette de
pain. Madame Bouldevesse riait si fort en le regardant faire que ses nénés et son ventre s'entre-cho-
quaient comme de grosses noix dans un sac. Car la
Nature avait plutôt mis l'orgueil de ses appas dans
l'abondance que dans la fermeté. Il y a des dames
qui se vantent que leur main fond dans le gant.
Madame Bouldevesse fondait de partout. Mais elle
avait une bonne figure réjouie et panurgienne sur
ce socle adipeux et toujours prêt à se trémousser.

II

Or, l'Épiphanie de 1890 avait tenu toutes ses promesses. Le ménage Pisselard s'était disputé ; le ménage Cubéni avait apporté sa bouteille de cassis ; le
ménage Battopieu avait dit un mal énorme de ses
colocataires. Enfin le précieux Pétenouille, à qui

on avait tendu la carte forcée — j'entends le morceau de galette où était la fève ultra-apéritive, —
avait avalé consciencieusement celle-ci, comme il
avait été prévu. L'effet n'en était venu qu'au café,
après mille œillades échangées entre madame Bouldevesse et son complice. Ceux-ci, échauffés par la
classique langouste, oubliaient d'ailleurs leur crime
pour tous les petits manèges exquis de la passion
impatiente, se rejoignant les jambes sous la table
et s'adressant sournoisement des baisers, quand
Pètenouille se leva en faisant des grimaces et sortit
de table précipitamment. Mais il rentra un instant
après, très rouge, et parla bas à l'oreille de Bouldevesse. Il paraît que la clef n'était pas sur la porte.
On ne la trouva nulle part. Parbleu! C'était madame
Bouldevesse qui l'avait cachée. Il fallait que rien
ne se perdît de sa vengeance. Bouldevesse, qui
n'était pas au courant, conduisit, en maugréant,
son ami dans son cabinet de toilette. Quand Pètenouille revint, avec l'air triomphant d'un Atlas qui
vient de poser son fardeau sur une des bornes du
ciel, Chatempoche se dissimula à son tour. C'était
un mauvais plaisant que ce matassin, mais habile
dans son état et n'ayant pas son pareil pour filtrer les médicaments. D'une infâme bouillie il
soutirait une eau claire. Sa rentrée, à lui, dans la
salle à manger, fut celle d'un chercheur d'or qui
vient de mettre une grosse pépite dans sa poche.
Des signes d'intelligence s'échangèrent encore entre
madame Bouldevesse et lui. Puis on déclara solennellement qu'on changerait de pâtissier, puisque
celui-ci refusait décidément de se prêter aux épi-

phaniques coutumes. On tira la royauté au sort. Elle
tomba sur Pètenouille qui, cette fois-là, n'eut aucun
moyen de s'y dérober. Mais il allégua les suites de
sa subite indisposition pour filer, sans avoir eu le
temps d'offrir quoi que ce soit à qui que ce fût.

— Rapiat! fit madame Cubéni.

— Grippe-sou! fit madame Pisselard.

— Harpagon! fit madame Battopieu.

Alors madame Bouldevesse, durant que son mari
reconduisait Pètenouille (cet imbécile aurait tout
conté si on lui avait confié quelque chose), réunis-
sant ses amies autour de son fauteuil, leur dévoila
sa première perfidie et celle qu'elle méditait pour
l'année prochaine. Chatempoche tira triomphale-
ment sa pépite de son gousset et M. Battopieu, qui
était graveur de son état, inscrivit dessus, avec la
pointe d'un canif, ces simples mots : Avalée déjà
l'année dernière.

Puis la relique fut précieusement mise en réserve
et l'on se mit à causer de choses indifférentes, quand
rentra M. Bouldevesse disant, sur le ton d'une réelle
tristesse :

— Ce pauvre Pètenouille est très incommodé. Je
ne sais vraiment ce qui a pu lui faire du mal.

— Il y a beaucoup de coliques de plomb dans ce
moment, fit Chatempoche, avec un petit air pédant.
plein de finesse.

III

Qui, diable! a dit que les jours se suivaient sans
se ressembler ! J'ai toujours abhorré les jours de
fête parce qu'ils prétendent se dérober à cette loi et
se ressemblent avec une obstination désespérante.
Toujours le même désœuvrement obligatoire, l'écœu-
rante habitude dont le symbole a disparu. Le dimanche n'a vraiment un sens que pour ceux qui
vont à la messe et aux vêpres. Une tuerie de cochons
ne remplace pas, à la Noël, la foi dans un Dieu en
train de naître. Nous ne sommes plus les bons « beu-
veurs » qu'il fallait aux anciennes Epiphanies, et
comme Jordaëns nous les montre dans un célèbre
tableau. Les Bouldevesse viennent de refêter les
Rois. On pourrait croire que le couvert n'a pas été
dérangé depuis l'année dernière. Madame Bouldevesse a toujours Pètenouille à sa droite, et pour vis-
à-vis le gracieux Chatempoche qui lui jette, à la
dérobée, des regards de castor mourant. (Je m'imagine que cela doit être fort doux). Le ménage Pisselard se dispute; le ménage Oubéni fait l'éloge de
son cassis; le ménage Battopieu a des voisins plus
désagréables encore. Le gâteau apparaît, à la même
heure, minute pour minute, qu'en 1890, Il est exactement de la même grosseur et a coûté le même

prix et, malgré les serments solennels, il a été confectionné par les mêmes marmitons.

C'est Chatempoche qui découpe de façon à réserver à Pètenouille le morceau où la fève fatale a été mise. On se servira à la ronde. C'est simplement un tour à régler pour qu'il se boute en plein dessus. Madame Battopieu a une si grande envie de rire qu'elle s'échappe un moment en s'étouffant dans sa serviette. C'est fait. Tout le monde observe Pètenouille, excepté l'innocent Bouldevesse, qui ne se doute toujours de rien. Pètenouille engloutit la portion qui lui est échue sans sourciller. C'est bien ça ! Il a encore avalé la fève pour ne rien offrir ! On va lui dire joliment son fait et se réjouir de sa courte honte. Tout à coup madame Bouldevesse, qui s'était mise en retard pour jouir du spectacle, s'étrangle en mangeant trop vite. Quelque chose lui reste à la gorge qu'elle en expulse au mépris de toute coquetterie et dans un impétueux accès de toux. C'est la fève ! L'absence de madame Battopieu avait dérangé les tours. Madame Bouldevesse pousse un cri d'horreur et va se trouver mal. Mais son mari, qui ne sait toujours rien, est infiniment joyeux, et, pendant que la pauvre femme avale un verre d'eau pour se remettre, il crie gaiement en levant son verre : « La reine boit ! la reine boit ! »

Et Pètenouille galamment répète : « La reine boit ! la reine boit ! »

Eh bien, marquise, êtes-vous rassurée ? — Hum ! Vous semblez, aux mouvements nerveux de votre éventail, trouver que mon conte n'est pas le plus propre du monde ! Que diriez-vous si je vous avais

raconté quelque histoire de ce sieur Duquesnel, le
philanthrope usurier, le directeur bienfaisant qui
met en coupe réglée la mémoire des écrivains, la
générosité du public et le dernier morceau de pain
des veuves !

CONFITEOR

3

CONFITEOR

I

La grande paix de l'église, à l'heure déclinante
où le jour hibernal y meurt, à peine teinté par le
mensonge armorié des vitraux ; l'air alourdi par les
vapeurs rances de l'encens brûlé le dernier dimanche; le silence des orgues roulant son vide par
la nef et dans le serpentement des piliers ; plus de
voix de fidèles au dedans, mais, au dehors, les cris

aigus des corneilles tournoyant autour du clocher.
De temps en temps, une double porte ouatée se fermant, comme une aile lourde, et de petites lumières
apparaissant à la porte, subitement ouverte, de la
sacristie. De rares frôlements de robes sombres et
de pieds en chaussons sur les dalles légèrement
miroitantes d'humidité. Vous connaissez, comme
moi, ce décor qui nous emplit de révoltes et d'atten-
drissements, nous tous que la poésie des souvenirs
ramène quelquefois dans les temples où notre jeunesse crédule a prié. C'est comme une langue
morte qui y vient murmurer, sur nos lèvres, les
litanies oubliées, des mots obscurs d'où le symbole
s'est envolé en même temps que la pensée. Et
l'ombre bien douce des aïeux dévots qui, tout enfants que nous étions, nous guidaient par la main
dans le dédale des chaises, y passe aussi, avec de
secrets reproches, et nous met des gouttes d'eau
bénite aux yeux, ne pouvant plus nous en poser sur
le front. Et l'évocation des belles Panathénées chré-
tiennes promène, devant nos yeux humides, un
long cortège de jeunes filles vêtues de blanc qui
suivaient la virginale bannière, victimes dont
l'Amour guettait déjà l'âme, glissant de vagues
baisers dans la musique voluptueuse des cantiques.
Quels souffles ont effeuillé les chastes sourires de
ces pucelles d'antan! Et le vieux banc où les mar-
guilliers dodelinaient de la tête, penchés sur de
lourds paroissiens! Et les chocs de la canne du
suisse qui retentissent encore à nos oreilles! Lazare
était mort jeune, je crois. Alors il devait avoir
envie, devenu très vieux par la vertu ressuscitante

du Christ, de rentrer quelquefois dans son tombeau
pour y retrouver un peu de sa jeunesse. Nous
sommes pareils à ce Lazare-là et il n'est que les sots
pour rougir d'une émotion si naturelle.

C'est au déclin d'une de ces après-midi, dans la
demi-obscurité d'une chapelle latérale, que plusieurs dames étaient agenouillées, aux approches
des solennités pascales, non loin du confessionnal
dont la petite fenêtre de bois s'ouvrait et se refer-
mait plus ou moins vite, selon la longueur pénitente des aveux et à la mesure des repentirs. Je
n'ai pas à les décrire dans la touchante et vraiment
fraternelle promiscuité des bonnets blancs de servantes, frôlant les toilettes sombres, mais d'une
certaine élégance, de leurs maîtresses. Il y avait
bien quelque levain de démocratie dans cette humiliation commune de tous devant le prêtre. Lui seul
échappait à cette fauchée qui abaissait toutes les
têtes sous le même niveau. Nous ne occuperons que
d'une seule de ces diseuses de péchés, madame
Pétourné, qui ne ressemblait pas absolument à
toutes les autres. Elle avait été belle certainement
— c'est-à-dire qu'elle l'était encore — car, des
beautés réelles demeure toujours la belle harmonie
des traits, surtout dans la sérénité qu'y met la méditation ou la prière.

> Je hais le mouvement qui dérange les lignes,

a dit Baudelaire, et tous les pêcheurs en rivière
sont de son avis. Je vous jure que madame Pétourné
était belle encore, dans sa toilette presque noire de
bourgeoise aisée, inclinée sur sa chaise dont ses

genoux touchaient seulement les bords, très en
avant, et le menton posé sur ses mains jointes, un
chapelet s'égrenant entre les doigts nus. Ainsi le
visage était soutenu, ne dérobant rien du profil
remarquablement pur, et les clartés blanches qui
flottaient encore dans l'air semblaient prises à l'argent fluide des cheveux s'évaporait autour de la
tête plus jeune que la chevelure. Car, dans les
yeux, passait quelquefois je ne sais quelle printa-
nière impression, presque païenne dans sa volupté,
d'azur et de soleil, et l'aile d'un sourire semblait
effleurer les coins de la bouche, d'un sourire qui
avait des frémissements de baisers.

— Elle vient essayer le nouveau vicaire! fit charitablement, en la désignant d'un imperceptible
mouvement de coude, madame Malivesse à madame
Chacornu.

Et avec une pantomime pareille, madame Chacornu répondit :

— Vous avez donc remarqué comme moi qu'elle
ne se confesse que quand il y a de nouveaux
abbés?

Elles échangèrent un petit sourire édenté de
vieilles méchantes, puis se signèrent toutes les
deux, en demandant pardon à Dieu d'avoir peut-
être médit.

Elles n'en attendirent pas longtemps l'absolution,
d'ailleurs. Car toutes les deux passèrent au décrot-
toir des péchés avant madame Pétourné, qui, bien
qu'arrivée à l'église avant elles, les pria gracieusement de passer devant au confessionnal.

— Il paraît qu'elle en a long à dire! murmura

madame Chacornu à madame Malivesse, toutes
deux marmottant leur action de grâces cependant
que madame Pétourné, ayant maintenant tout son
temps devant elle, pénétrait enfin, mais sans se
hâter, dans la boîte à miséricorde.

II

Le jeune prêtre, qui débutait dans sa première
paroisse, très troublé lui-même par la solennité de
son ministère — car c'est une erreur et une ca-
lomnie, sinon pour la raison, au moins à l'endroit
de la dignité humaine, de croire qu'il n'y en a
pas de fort convaincus, — se prit à écouter sa nouvelle pénitente sans la regarder. Était-ce crainte de
tentation et pudeur naturelle? Ou bien l'expérience
imprudente qu'il avait faite des museaux abomi-
nables de madame Malivesse et de madame Chacornu l'avait-elle rendu sceptique jusqu'à l'indifférence? Toujours est-il qu'il demeura l'oreille tendue
et les yeux baissés, se contentant de hocher, de
temps en temps, le chef, pour bien montrer qu'i
écoutait. Ce fut d'abord un menu fretin de pecca-
dilles que madame Pétourné laissa tomber à ses
pieds, une poussière de fautes vénielles dont le
diable n'aurait pas voulu p ir saupoudrer son écriture, pensées, paroles, actions, omissions, dont
aucune n'aurait valu quinze jours de purgatoire.
Elle avait oublié, un jour, de dire son *Benedicite ;*
elle s'était oubliée, un soir, devant son mari. Elle

avait porté un jugement téméraire sur la femme de
l'apothicaire. Elle avait mangé des pets de nonnes
avec trop de plaisir et avait manqué de mortification
en carême.

M. le vicaire écoutait tout ce déblayage de conscience, sans trouver le temps ni l'occasion d'y caser
un commentaire, et volontiers eût-il dit peut-être,
comme au notaire cet héritier impatient, après les
premiers et indispensables préliminaires d'un tes-
tament : Passez les rocamboles! Mais, tout à coup,
eut-il comme un sursaut sur sa chaise. quand,
d'une voix subitement solennelle, madame Pétourné
lui dit :

— Mon père, je m'accuse d'avoir eu un amant.

Et, tout de suite, elle poursuivit :

— C'était le plus aimable cavalier du monde et je
crois qu'aucune femme n'aurait vraiment pu lui ré-
sister. Il avait, mon père, des yeux d'une douceur in-
comparable, un sourire d'une adorable perfidie. Bien
fait avec cela, le coquin, vigoureux comme quatre...

— Passons à votre faute, mon enfant, à votre
grave faute, interrompit le confesseur, toujours les
paupières baissées et comme plus troublé encore de
ce qu'il allait entendre.

— Elle arriva tout naturellement, mon père, et
par un soir d'été où toute la nature semblait complice de notre coupable bonheur. Il y a longtemps
qu'il me demandait ce que j'aurais dû lui refuser
toujours. Dans un coin de bois charmant où le rossignol chantait presque au-dessus de nos têtes, nous
nous sommes assis, l'un près de l'autre, la clarté
des étoiles filtrant à peine jusqu'à nous à travers

les feuillages parfumés. Il faut vous dire que j'avais une robe très légère, une sorte de mousseline qui me défendait très mal la gorge et les bras. Par exemple, elle m'allait à ravir. Mais le perfide vêtement! Il suffisait d'y glisser la main...

— Passez ces détails, mon enfant, murmura une voix suppliante.

— C'est pour l'excuser autant que moi-même, mon père. N'est-ce pas un devoir de charité? Je crus que j'allais mourir quand il posa sa bouche sur la mienne, tandis que ses bras m'enlaçaient à travers le tissu doucement soulevé. La tiédeur de sa peau faisait passer des frissons dans la mienne. Son souffle me grisait. Je me sentais envahie d'une défaillance cent fois plus douce que l'être. Malgré moi je lui rendais ses caresses.

— Abrégez, mon enfant.

— Mais, mon père, ne faut-il pas que je vous dise toute l'étendue de ma faute, à quel point je fus coupable et complice de mon déshonneur. Ah! dans ce moment-là, — c'est effroyable à dire — mais j'aurais renié Dieu, le ciel, le paradis.

— Malheureuse!

— Et ce n'est pas tout, mon père, et vous allez juger jusqu'à quel point j'ai besoin de la miséricorde infinie de Dieu! J'étais déjà sienne. Notre bonheur avait été si grand qu'il en était comme brisé et s'en serait volontiers, je crois, tenu à cette première faute. Eh bien, c'est moi qui le forçai à la recommencer. Et quand il eut cédé à mon désir, je trouvai le moyen de l'inviter encore à un troisième péché, puis à un quatrième.

3.

III

L'abbé, brusquement, tourna son visage vers sa pénitente. En voyant la belle chevelure blanche de madame Pétourné, il s'écria :

— Eh ! mon enfant, combien y a-t-il de temps de cela ?

Elle répondit, très simplement :

— Trente ans, mon père.

Et, comme d'un ton bien plus surpris il lui demandait encore :

— Mais vous ne vous êtes donc jamais confessée depuis ce temps ?

— Tous les ans, mon père.

— Mais alors vous avez déjà reçu l'absolution de ce péché ?

— Vingt-neuf fois.

— Mais alors pourquoi vous en confesser encore à moi ?

Avec un accent de douceur infinie et de supplication résignée :

— Que voulez-vous, mon père ! Ce n'est pas à mon mari que je puis causer de tout cela, et c'est si bon de se souvenir !

EFFET DE NEIGE

EFFET DE NEIGE

*

Si je n'ai pour accoutumé
De causer avec des visages
Sans déroger à mes usages,
Avec Duquesnel j'ai causé.

I

O neige, es-tu le blanc linceul de la Mort ou le voile blanc des jeunes épousées? L'un et l'autre à la fois; car, tout ensemble, sous tes plis s'effacent les dernières splendeurs de l'année et tressaillent les germes sacrés du Renouveau. Tu es le tombeau

des suprêmes roses et le berceau des premières
anémones. Idéale parure et doucement monotone
des choses qui y oublient la lassitude des anciens
aspects, tu es la page blanche où s'écriront les
poèmes à venir, où laissera son empreinte l'aile
frémissante des rêves ; et je t'aimerais d'une super-
stitieuse tendresse si tu n'étais cruelle aux seuls
frères que je veuille ici-bas, les pauvres et les petits
oiseaux.

Aux jeunes sculpteurs de dix ans tu fournis une
matière plastique aussi étincelante que le marbre
et qui, du moins, n'éternise pas les images des
vivants. Les amants ne te haïssent pas, toi qui fais
un tapis silencieux à leur course impatiente ; mais
ils te redoutent, comme fait le gibier, pour ce que tu
gardes, indiscrète, l'image de leurs pas.

C'est dans notre beau pays pyrénéen qu'il faut
voir descendre la neige, des pics vers la vallée,
comme une semaille de lys, estompant les contours
ardus des roches, mettant une dentelle aux broussailles, enveloppant les villages à mi-côtes, s'accrochant aux cassures de glace des gaves, empanachant
les arbres, sinueuse et éblouissante à l'infini sous
le soleil obstiné ; puis violette, d'un violet pâle sous
le scintillement argenté des étoiles semblant, elles-
mêmes, des éclaboussures du grand lac glacé que
représente le ciel. Tout cela est sauvage et grand
comme une épopée et on y entend, la nuit, dans le
vent, des cliquetis d'armures. L'âme du vieux
Roland est comme frissonnante dans la terre où les
aiguilles du givre viennent se planter jusque dans
la chair des morts. Et l'autan sonne les appels du

cor légendaire. La neige pyrénéenne est héroïque. Elle hausse encore la barrière entre la mémoire de nos gloires et le souvenir maudit des Sarrasins.

Paris ne connaît plus la neige. Cette pureté n'est pas faite pour l'immonde regard des tripoteurs et des filles. Des chimistes municipaux ont été spécialement chargés de la transformer en boue, pour que tous ces braves gens se retrouvent chez eux. Mais l'exilé pense aux neiges natales, aux frimas d'antan qui mettaient aux pommiers du jardin paternel de menteuses floraisons. Tu m'es, ô neige, comme un souvenir radieux de jeunesse, au temps où, pour moi, l'hiver ne finissait pas l'automne, mais commençait le printemps !

II

Il avait neigé ferme, durant huit jours, dans le petit village d'Ornolach, où le fermier Roubichou avait, ma foi, la plus jolie maison, dans un des sites les plus admirables de l'Ariège, non loin de mon Tarascon qui a ses Tartarins tout comme celui de Daudet. Eh, parbleu ! Roubichou était bien un'peu de la famille — pas de la mienne, mais de celle de Tartarin. — Il se vantait à gogo et mentait à ravir. Il avait, d'ailleurs, toutes les raisons du monde pour être joyeux, possédant, outre cette agréable demeure, une femme justement renommée des con-

naisseurs toulousains, les seuls dont l'opinion vaille
quelque chose. Dame Bertrade — c'était son petit
nom — était de pure race brune, une confiture de
charmes cuite au grand soleil. La belle rose pourpre
du sang latin s'épanouissait sur sa bouche, laquelle
s'entr'ouvrait sur un ruissellement de rosée mati-
nale. Si le jour s'était épanoui à l'or vivant de son
teint, la nuit avait certainement tissé l'ombre bleue
de sa chevelure. Ses yeux avaient l'éclat des braises
qui meurent au fond des encensoirs. Son nez était
un défi aux Vénus de l'art grec. En son corps revi-
vait Vénus tout entière, la seule Vénus qui mérite
l'adoration des âges, l'immortelle Callipyge. Ah!
nom de nom, mes amis! quelle belle forteresse
biblique on eût pu bâtir sur ce double mamelon!
S'il est une justice distributive ici-bas, ce qui est
d'ailleurs douteux, malgré que M. de Rothschild
trouve les choses bien faites, il y en avait certainement là trop pour un seul homme. Aussi Bertrade,
qui avait le sentiment de l'équité, faisait-elle consciencieusement son Roubichou cocu. D'ailleurs,
pourquoi la nature aurait-elle séparé ce trésor en
deux, sinon pour nous indiquer qu'il en faut offrir
une part à son voisin? Bernardin de Saint-Pierre a
écrit que le melon était partagé en côtes, pour être
mangé plus agréablement en famille. Le melon
dont je parle n'a, il est vrai, que deux côtes, mais
cela veut dire qu'il n'y faut pas convier une famille
trop nombreuse, voilà tout.

Bertrade n'avait, d'ailleurs, comme toute femme
sage, qu'un second occupant, le jeune Lantivesse
de Monpapa, un godelureau dont les parents

vivaient sur un petit domaine, tout près de là. Ce
garçon eût été certainement un imbécile complet
s'il n'eût fait le cas qu'il convient des fessiers
comme en portait un madame Roubichou et qui
jaillissait des jupons, comme après l'orage un astre
radieux vainqueur des nuées. Par cette noble et
logique idolâtrie réparait-il, un peu, du moins, l'in-
suffisance de son intellect. Comme tous les imbéciles, d'ailleurs, il avait un penchant fougueux à la
reproduction. Car vous avez remarqué que les sots
ont un soin tout particulier de ne pas laisser
éteindre leur espèce.

III

Le fermier sortait bien, durant le jour, pour ses
affaires, mais les amants avaient à redouter la
curiosité méchante des voisins. Aussi ne se
voyaient-ils que la nuit. Madame Roubichou ne
couchait donc pas avec son mari ? Si fait ! Mais,
comme les paysans qui ont peiné depuis le matin,
Roubichou avait un sommeil du diable, et ne s'entendait pas ronfler soi-même, si bien qu'il eût pu
dormir, comme Turenne enfant, sur l'affût d'un
canon en exercice. A cinquante mètres de la maison
était une façon de dépendance pleine de foin dont
Bertrade prenait la clef dans la culotte de son mari.
Ayant déclaré, depuis qu'elle avait un amant, que

dormir dans la ruelle du lit lui donnait de méchants rêves, sans déranger en rien le dormeur elle pouvait se lever, et, les gonds de la porte étant soigneusement huilés, disparaître une heure sans que le Roubichou s'aperçût de rien. Notre Lantivesse l'attendait derrière ce temple de l'Amour dont Joséphine n'eût peut-être pas voulu. Tous deux se blottissaient dans le fourrage qu'une fermentation légère rendait tiède en toutes saisons et y jouaient consciencieusement du serre-croupière, comme a dit excellemment Rabelais qui eut toujours le mot heureux pour ces choses. Et variaient-ils encore leurs innocents plaisirs. Car faire pousser des cornes à un mari n'est qu'une occupation vulgaire. L'intéressant est de les fignoler en se disant, à chaque invention nouvelle : Ah! ah! comme elles se tournent gentiment à présent! Les béliers n'en auront jamais de pareilles! Encore un petit agrément de ce côté! Celle-ci penche à droite. Redressons-la d'un bon coup de reins. Bon! c'est celle-là maintenant qui n'est pas assez haute. Un peu de courage, ma mie, pour exhausser d'un étage encore le précieux front de votre époux. Il ne faut pas qu'il passe demain sous la porte Saint-Denis — je ne dis pas la Saint-Martin dont Duquesnel a fait, à sa mesure, une ratière. Na! na! Le voilà maintenant coiffé à la Bolivar. Ça lui va comme les tubes lumineux à Moïse.

Ainsi s'encourageaient-ils à faire le mieux possible dans la chaude haleine des foins.

Or, tout le jour précédent, il avait neigé sans s'interrompre. On eût dit qu'un méchant ange eût plumé, dans le ciel, tous les cygnes du paradis.

Pas une déchirure à ce velours d'une caudeur immaculée. Il fallait un fier toupet à Bertrade pour dessiner son chemin sur ce papier blanc jusqu'à la retraite où l'attendait l'impatient Lantivesse. Mais femme amoureuse perd tout sentiment de prudence. Et puis quoi ? Elle dirait à son mari que c'était quelque mendiante qui avait cherché un refuge dans le grenier, et qui, ensuite, serait venue, la nuit, jusqu'à la porte. Elle l'avait même entendue frapper et n'avait pas voulu le réveiller en ouvrant. Avec ce joli mensonge dans son sac, elle se mit hardiment en route, sous un clair scintillement d'étoiles roulant une poussière de givre jusqu'au plus profond des cieux.

Après avoir perfectionné encore le chapeau naturel de Roubichou, un dernier baiser ayant scellé l'adieu aux lèvres de son amant, elle s'en revenait tranquille quand elle glissa sur son sabot et s'aplatit à terre, sur le derrière, en pleine neige, lequel elle avait, comme toutes les villageoises, sans pantalon, c'est-à-dire parfaitement nu, d'autant qu'elle tenait ses jupons retroussés. L'empreinte se creusa profondément, exactement mathématique, voluptueuse à force de précision, les reliefs s'étant moulés en creux luisants et polis ; les creux, au contraire, s'étant accusés en reliefs d'un dessin délicieusement géométrique.

Mais elle n'y prit garde, impatiente qu'elle était d'avoir regagné, sans encombres, son poste conjugal. Et, de fait, elle rentra, sans l'interrompre, au milieu d'un solo d'orgue nasal de Roubichou, qui faisait trembler les vitres sous les volets.

IV

Mais voilà que, le lendemain matin, Roubichou
et elle, meilleurs amis que jamais, sortirent ensemble pour aller au marché, et que, malgré un
effort qu'elle fit pour obliquer en route, tous deux
s'en vinrent bouter devant le moule opulent de sa
personne postérieure qu'elle avait laissé dans la
neige. Roubichou s'y arrêta net. Malgré les distrac-
tions qu'elle voulut lui donner, toute rouge d'inquiétude qu'elle était, il se prit à regarder atten-
tivement, sans rien dire. Alors elle se mit à
bavarder, en ayant l'air de trouver cela encore plus
amusant que lui.

— Regardez donc, disait-elle. On dirait un cirque
traversé par un gave, avec un village en amphithéâtre dans un coin.

— Madame Roubichou, fit-il tout à coup d'une
voix sourde, il n'y a que vous dans le pays qui ayez
le derrière aussi large que ça.

— Mais, mon ami, vous êtes fou...

— Je vous dis, Madame, qu'il n'y en a pas d'autre
de cette ampleur dans tout le département.

Elle balbutia, très interdite. Puis elle dit, en
bredouillant :

— Pardon ! pardon ! mon ami. Il y a monsieur le curé.

Roubichou se pencha une fois de plus sur l'image et, après un nouvel examen :

— Vous mentez, madame, il n'y a pas deux clochers au village de Monsieur le curé !

LA POULARDE

LA POULARDE

I

Dans son grand lit d'acajou à deux oreillers dont
l'un bâille, sans hôte et comme gonflé d'ennui, madame Ménichon repose, sommeillant à demi seulement sous l'impression du jour qui grandit dans la
transparence des rideaux et du retour impatiemment
attendu de celui qui reviendra tout à l'heure. Sa
copieuse et ferme personne se moule, dans la blancheur frileuse des draps, en ondulations harmo-

4

nieuses, en exquis vallonnements. Tel un beau paysage neigeux dans le vague crépusculaire. L'épaule
s'arrondit en colline sous la forêt sombre des cheveux dénoués et c'est une montagne arrondie que
la hanche dessine, se dédoublant pour accuser à
peine un ravin capricieux. Le rythme de la vie y
passe comme une brise. Une première indignation,
comme à moi, vous vient à l'esprit qu'aucun tou-
riste n'explore ce joli coin de nature vivante. Les
pèlerins ne savent donc plus le chemin embaumé
des oasis?

Oh ! l'abondante bourgeoise dans sa couche pro-
vinciale que madame Ménichon, et le beau morceau
pour un gentilhomme libéral qui n'hésiterait pas à
se mésallier pendant une heure ! Car il ne faudrait
pas moins de temps pour explorer tant de charmes,
dont le moindre n'était pas un fessier comme j'ai
coutume de les louer dans mes véridiques écrits.
Or je choisis ceux que je chante, — et' ce n'est pas
dans votre miroir, mon jovial Duquesnel, — car je
les aime mieux ressemblant à la savoureuse pomme
des Hespérides qu'à la face ridée des usuriers. Il
fut un temps où celui-là m'eût inspiré toute une
Iliade. Mais, hélas ! mes poèmes ont plus aisément
un seul chant que vingt-quatre aujourd'hui. De cette
unité sombre, où je voudrais bien établir le mystère agréable d'une sainte Trinité, je ne t'en salue
pas moins, ô glorieux et inutile séant de madame
Ménichon sous la moiteur indiscrète des couvertures
où tu te morfonds, noble lyre qui mets un frisson
lointain dans mes doigts et comme une éolienne
chanson sur mes lèvres !

Mais, ah çà ! que faisait donc ce Ménichon authentique à qui l'on prenait ainsi la peine de tenir son dîner
chaud ? Ce Ménichon, bourrelier de son état, était
parti la veille au matin pour faire au Mans d'impor-
tants achats de cuir. Mais il avait bien promis de ne
pas demeurer plus de vingt-quatre heures. — Pourquoi ne pas revenir le soir même par le dernier train ?
lui avait demandé sa femme. Ménichon avait raconté
qu'on ne traite bien les affaires que le soir, au café,
dans la cordialité fumante des bocks. Mais, de vous
à moi, le mâtin avait tout simplement envie de courir une bordée, comme disent les matelots. Tels en
voit-on, sur le matrimonial navire, qui ayant tout
à souhait dans leur hamac, s'en vont courir les cou-
chers aventureux sous les étoiles. Je ne voudrais
pas nuire à l'industrie des filles légères du Mans,
mais je parierais bien qu'il n'en est pas une seule
qui pût piger, postérieurement parlant, avec la belle
rêveuse que nous avons laissée dans son grand lit
d'acajou à deux oreillers dont l'un bâille, sans hôte
et comme gonflé d'ennui.

II

Un bruit de pas dans l'escalier et la lumière entrant, brutale, impétueuse, par la porte largement
ouverte. C'est lui, avec un volumineux paquet sous
le bras. Posant brusquement ce colis sur une chaise,

il court au lit et c'est d'une étreinte passionnée
presque à l'excès, qu'il exprime la joie de revenir.
Ulysse, au retour d'Ithaque, n'eût pas tenu plus
ardemment Pénélope embrassée. Comme cédant à
un effort de raison, il se dégage enfin :

— Vois, ma chérie, ce que je t'ai apporté.

Et, de l'enveloppe déchirée, une poularde magnifique jaillit dans un épanouissement de chair rose.

— Elle est admirable, mon ami, dit madame Ménichon, mais, je vous en prie, venez vous coucher
auprès de moi.

— Non, pas avant de l'avoir mise moi-même au
feu pour notre déjeuner.

— Pouvez-vous songer à manger en cet instant ?

— C'est l'affaire d'un moment, ma mignonne. Je
veux que nous fêtions mon arrivée en l'arrosant
d'une vieille bouteille.

— Vous êtes fou, Athanase, et vous auriez mieux
à faire, ce me semble.

Mais il ne l'écoutait pas, faisait l'empressé, enflait
de bois la cheminée, rapportait la lèchefrite de la
cuisine, remontait le tournebroche, jurait, sacrait,
s'essuyait les doigts à sa bouche en faisant des
bruits gourmands. Cependant elle s'impatientait:

— Vous devez être las, mon cher, venez donc au
lit. Vous allez attraper froid.

— Dame, je l'ai payée son prix, poursuivit-il, bien
qu'ayant marchandé.

Et se mettant à compter son argent dans sa
poche :

— Allons, bon ! je crois qu'il me manque dix
sous.

Et, fiévreusement, il fouilla tous ses vêtements.

— Ah ! bon ! les voici dans mon pantalon.

Puis il alla faire un tour à son rôti.

Elle ne comprenait pas, mais elle commençait à trouver la plaisanterie d'un goût douteux. Elle l'eût trouvée détestable si elle eût su que le pauvre homme ne cherchait qu'à gagner du temps, se méfiant fort de soi-même, après une nuit durant laquelle il s'était prodigué extra-conjugalement. — On n'est pas de bois, dit un proverbe. — Mais on n'est pas de bronze non plus... au moins de son vivant, et, après la mort, il n'importe. Un grand trouble venait à Ménichon de son remords. Il redoutait infiniment de se fausser, à soi-même, compagnie — et de ne se point rencontrer là où il s'était donné rendez-vous. Ceux qui feindront de ne pas comprendre sont de simples prétenticux.

Comme il passait à portée du lit, elle l'enlaça de ses bras, par une violence douce et malgré ses résistances comiques, Joseph qu'il était d'une légitime Putiphar, lui déboutonna, malgré lui, ses chausses, et ce qui était en haut, et, dans un baiser furieux, le hissa, moitié riant, sur le matelas où il lui fallut bien s'étendre, enveloppé qu'il se sentit aussitôt dans la tiédeur caressante des draps.

.

III

Un silence assez long que troublaient, seules, du côté de la cheminée, et en tombant dans la lèche-frite, les larmes de graisse dont se pleurait la poularde, moins harmonieuse que les cygnes ioniens.

Comme il demeurait toujours coi, en poussant les petits hou ! hou ! d'un monsieur qui commence seulement à se réchauffer, elle commença elle-même, dans un énervement bien naturel, à se virer de ci de là, dans la ruelle, se retournant avec des soupirs, se présentant à lui de face, puis de pile, sans le tirer davantage de sa méditation. Elle faisait des hum ! hum ! comme pour provoquer un commencement de conversation. Lui-même en comprit la nécessité, car il s'écria tout à coup :

— Ce sont tous des sacrés voleurs que ces marchands du Mans. J'espère cependant qu'elle sera bonne.

Elle ne se sentit pas le courage de lui répondre. Mais, comme une de ses mains, à lui, était tout près de sa tête à elle, elle l'attira, et en fit doucement passer les doigts dans le frison crespelé de sa nuque, en ce point voluptueux où naît la chevelure et qui, par des analogies mystérieuses et lointaines, ne se caresse guère sans émoi. Elle réussit, car il reprit :

— Il n'a pas moins fallu d'un quart d'heure pour la plumer et ça a failli me faire manquer le train.

Elle commençait à se décourager. Brusquement
elle tourna le dos avec un petit mouvement très sen-
sible de dépit. Il lui parut que le minimum de la
dignité et de la coquetterie serait d'avoir l'air de
dormir pour ne se point apercevoir de l'affront. Elle
simula même, durant un instant, de petits ronfle-
ments très doux dont le bruit était comme celui des
rames qui emportent nos rêves sur le lac azuré des
infinis. Mais elle ne put jouer longtemps cette comédie. Son état devenait douloureux et elle recommença à se tourner et à se retourner comme un
saint Laurent admirablement charitable et voulant
épargner, même sur le gril, une fatigue à ses cuisi-
niers. Quel exemple pour Duquesnel ! *Et nunc erudimini !*

Pour être juste, il faut reconnaître que Ménichon
ne passait pas fort agréablement un temps si anxieux
pour sa femme. Il comprenait le ridicule de la situation et il eût donné tout au monde pour y échapper.
Mais il avait beau sonder ses reins. Suivant le conseil de l'Écriture, il n'en sortait, comme de ceux du
psalmiste David, que des illusions — *quoniam
lumbi mei impleti sunt illusionibus.* — Les idées lui
manquaient. Il savait bien, parbleu ! la scène à
faire, mais il avait des doutes sur le dénouement.
Il se posait à soi-même la question que fait le jeune
Diafoirus à son père. Mais il n'osait s'y répondre
par le même conseil. Il était comme l'enfant prodigue qui se repent trop tard en s'apercevant que
son père n'a plus même, comme dans la parabole,
un fricandeau à lui offrir. C'est qu'il est des bourses
où le diable lui-même refuse de se loger ! Admira-

blement obstinée, madame Ménichon lui reprit la main affectueusement pour la lui promener sur les rondeurs adorables de sa personne.

— Ne vous semble-t-il pas que j'engraisse, mon ami ?

— C'est avec du maïs bouilli qu'on les gave, répondit-il, pour les amener à cet admirable embonpoint.

Elle eut un petit crispement de rage qu'elle étouffa. Elle lui envoyait, malgré elle, de petits coups de pied dans les jambes.

A ce moment, un bruit de chose qui se démantibule, la poularde tournant brusquement sur elle-même, dans un lourd et maladroit mouvement.

— Bon ! la voilà qui se met à gigoter aussi ! s'écria-t-il en faisant mine de sauter du lit.

Mais d'une voix un peu sèche et vibrante d'ironie, elle lui dit :

— C'est peut-être aussi, mon cher, que vous n'avez pas su l'embrocher.

Honni soit qui mal y pense.

CHATIMENT CÉLESTE

CHATIMENT CÉLESTE

I

Dans un site délicieusement agreste et sauvage, en plein paysage pyrénéen et dominant de son clocher carré, aux campaniles alignés, le village posé comme un troupeau de moutons au flanc de la montagne, la petite église romane, du style le plus pur, semblait regarder la vallée à ses pieds, de tous les yeux ronds ouverts dans sa muraille blanche. L'intérieur en était pauvre et sans ornements, à un mauvais Chemin de croix lithographié en couleurs près. Mais ses lignes en étaient singulièrement recueillies et harmonieuses, s'étageant en arceaux circulaires où la pensée s'enfermait dans un indicible recueillement. Au dehors, des rosiers grimpants y mettaient leur parure ; quelques glycines même pendaient au porche leurs grappes bleues parmi les bas-reliefs émoussés où l'histoire du saint qui patronnait ce rustique temple ne se pouvait plus guère lire. C'était, tout autour, un vol d'oiseaux familiers, qui se venaient poser aux pierres ébréchées des faîtes. Tout était poésie dans cet ensemble où l'homme seul venait mettre une note prosaïque et méchante. M. le curé Boudois n'était assurément pas digne de cette Thébaïde qui eût autrefois tenté un de ces anachorètes qui traitaient les animaux en frères et ne se nourrissaient que d'insensibles racines arrachées aux creux des rochers.

Non pas que ce fût un mauvais prêtre, dans le sens ecclésiastique du mot, mais simplement un bourgeois cruel et vivant dans la nature sans en respecter les douceurs. Il n'avait pas une fleur, mais de grossiers légumes seulement dans le petit jardin de son presbytère. Il chaponnait odieusement ses volailles pour les engraisser. Il avait crevé les yeux à son sansonnet pour qu'il chantât plus fort. Enfin, quand la malheureuse et maigre chatte qui lui servait, non pas à jouir de la société de ces bêtes délicieuses, mais à le défendre des souris, était prise des fièvres amoureuses qui les font tant souffrir, brutalement et malgré des miaulements désespérés, il lui plongeait le derrière dans l'eau froide, riant comme une brute de ce martyre. C'est ce qu'il appelait « lui chasser les mauvaises idées! » Imbécile! Vous voyez d'ici ce vilain être qui n'avait même pas pitié de l'amour.

Et sa servante Bernade, donc! Une brave femme, pourtant, qui regrettait toujours son défunt et que le malheur avait forcée à se mettre en condition. Au physique, une créature copieuse, ayant passé la quarantaine, comme l'exigent les convenances, mais ayant gardé dans les yeux une belle flamme et, sous les jupes, un pétard dont plus d'un homme de bien se fût contenté comme lutrin pour chanter la messe que vous savez. Mais il est inutile de vous dire que par pauvreté de tempérament et défaut d'imagination, plutôt que par dévouement exagéré à son devoir, notre curé abominait les femmes. C'est le propre des égoïstes qui ne peuvent souffrir la compagnie d'un être plus égoïste encore qu'eux par faiblesse et besoin de protection. Cette haine du sexe allait chez lui jusqu'au dégoût et il ne manquait jamais une occasion d'humilier, contrairement aux lois les plus élémentaires de la charité, la pauvre femme. Sa prodigieuse gourmandise avait éteint en lui tous les autres appétits. Car il n'est pas vrai que la bonne chère soit une heureuse complice de l'amour. Les joies âpres, cruelles, immortellement déchirantes et douces de celui-ci sont aux sobres seulement. Ceux que Baudelaire appelle les amoureux fervents ne se troublent pas de leur rêve pour s'aller gonfler les tripes. Or ce

5

dernier passe-temps était celui que l'abbé Boudois préférait à tous les autres.

Et maintenant.vous les connaîtrez tous les deux quand je vous aurai dit encore que, dans sa lourde enveloppe de paysanne, Bernade cachait une âme plutôt romanesque. se défendant à grand'peine et avec une vertu vraiment infinie contre les tentations qui lui venaient — de l'enfer, croyait-elle, — en vérité du ciel où les oiseaux se poursuivent et mêlent leurs becs dans un frémissement éperdu d'ailes.

II

Il avait fait une rude chaleur ce jour-là, et après les vêpres dominicales, bien que la petite église se fût entièrement vidée, de vagues fumées d'encens y flottant encore, le porche était resté ouvert sous son encadrement de roses sauvages et de glycines fleuries. Or le bénitier, en marbre de Cierp tout traversé de veines roses, était attaché au premier pilier de droite en entrant, donnant, par sa forme, une impression de fraîcheur dans ce caniculaire décor dont le silence n'était plus troublé que par le crépitement lointain des cigales. Des tourterelles blanches, cherchant l'ombre des tilleuls qui l'ombrageaient, s'étaient abattues sur le seuil vénérable et l'une d'elles, la plus jolie, s'enhardissant, dans cette

solitude, avec des petits hochements inquiets de tête
et ce joli frémissement du cou qui a inspiré à Ché-
nier deux vers adorables, hâtant le pas de ses petits
pieds en trèfles roses, pénétra dans l'enceinte sacrée,
délia légèrement ses ailes et s'en vint se percher sur
le bord du bénitier. Sans doute se crut-elle près
d'une source, car avec un frisson joyeux, après avoir
bu plusieurs fois, se renversant dans sa belle colle-
rette de plumes, elle sauta dans la vasque peu profonde et commença d'y prendre un bain voluptueux,
se trémoussant sur le ventre et gonflant le dos
comme une voile. Et rien n'était plus gracieux au
monde que cette aérienne hydrothérapie d'un des
plus charmants parmi les oiseaux. Un poète se fût
longtemps arrêté devant ce joli spectacle. Malheureusement ce ne fut pas un poète que le hasard y
amena, mais cette buse maussade de curé qui, apercevant cela, prit la mine indignée d'un homme qui
va châtier un sacrilège, et, s'approchant sournoisement, par derrière le pilier, d'un coup de son ridicule bonnet carré de théologien assomma la pauvre
tourterelle, éclaboussant tout le parvis de l'eau profanée où quelques filets de sang rose coulaient.
Vidant ensuite, avec horreur, la sainte cuvette,
après s'être signé trois fois, il ramassa l'oiseau dont
les ailes palpitaient encore, acheva de l'étouffer
dans sa main épaisse, et, rentrant au presbytère,
invita Bernade à le lui faire cuire pour son dîner,
avec beaucoup de petits pois et une laitue. Il s'en
régala fort incongrûment sans le moindre remords,
arrosant ces douces mânes d'une excellente bouteille
de Villaudric dont une ouaille lui avait fait présent.

III

Mais il s'était trouvé que cette tourterelle n'était pas une tourterelle ordinaire, mais bien une âme ayant pris une enveloppe nouvelle pour servir les desseins du Très-Haut. Car ces métempsychoses sont fréquentes au Paradis où Dieu vit, en compagnie de son fidèle Noé, dans une espèce d'arche d'où il envoie de temps en temps des oiseaux, — des colombes en particulier — pour savoir un peu ce qui se passe sur la terre. Ces messagères fidèles lui rapportent tantôt un joli mot d'Aurélien Scholl, dont il s'amuse durant toute une soirée, tantôt le récit d'une turpitude de Duquesnel qui le met en colère durant un mois. Ça varie l'uniformité de son existence contemplative et recueillie à l'excès. C'est d'ailleurs les saintes les plus méritantes qui obtiennent, comme marque de l'estime divine, le privilège de ces travestis. Car elles, non plus, ne s'amusent pas là-haut, et ces petits voyages au pays des bookmakers leur sont une salutaire distraction, non pas cependant sans danger. C'est ainsi que le curé Boudois avait mangé, sans s'en douter une minute, avec des petits pois et une laitue, sainte Eponine, vierge et martyre de première classe, qui figure au calendrier grégorien, ce qui faillit empêcher cette année-

là d'être bissextile, comme les astronomes l'avaient
prévu.

Mais vous pensez bien qu'en ces occurrences, Dieu
n'abandonne pas celles qui l'ont servi, sainte Éponine surtout qui, dans les jardins du ciel, préside à
la bonne tenue des fontaines, ce qui explique comment, tourterelle divine, elle s'était ainsi venue
percher sur un bénitier. Conviendrait-il d'ailleurs
qu'une personne qui a versé son sang pour garder
sa foi et son pucelage eût pour éternel tombeau l'es-
tomac mal habité et encombré de mauvaise compagnie d'un curé glouton? Non, certes ! Ce que dévora,
avec de petits lardons que j'ai oublié de men-
tionner dans l'assaisonnement, cet odieux Boudois,
ce ne fut que la coque de chrysalide dont le papillon
radieux s'était envolé pour aller demander justice
au pied du trône du Seigneur. La moelle divine
de ces petits os tout croquants avait échappé aux
dents voraces de l'ornithophage. L'essence immaté-
rielle de ce joli corps rose et savoureux fut ravie
aux bruyants outrages et aux promiscuités sonores
de la digestion. L'âme délivrée par les flammes pu-
rificatrices de la casserole, par les vertus léniflantes
de la laitue et par les pétarades crépitantes des lardons, reprit sa route vers les bleus chemins du ciel,
saluée, au passage, par les comètes voyageuses et
le tranquille sourire d'or des constellations.

— Nous en ferons une bien bonne à ce Boudois!
fit le Père éternel quand sainte Éponine lui eut raconté sa culinaire aventure.

— Ils ont encore du Villaudric sur la terre ! murmura tristement le fidèle Noé.

IV

S'il est vrai que la vengeance soit un plat qu'il
convient de manger froid, il faut convenir que sainte
Éponine choisit à merveille le temps pour la sienne.
Nous sommes, en effet, au plus rude de l'hiver dont
nos doigts gardent encore l'onglée. L'Ariège même
n'est pas épargné plus que la Provence. Le pôle est
descendu, tout vêtu de neige et de frimas, jusqu'au
castellat de Pamiers, jusqu'au quai fleuri de
Tarascon. Les gaves eux-mêmes se sont figés et les
torrents immobiles pendent, en stalactites vitreuses
diaboliquement tordues, aux flancs diamantés de
givre des rocs. Le luisant des verglas court le long
des routes abandonnées et les broussailles toutes
noires sont comme des pelotes où des milliers d'aiguilles sont plantées. L'eau manque absolument
dans le village dont notre abbé Boudois dirige les
consciences, berçant ses lourdes digestions aux ron-
rons du confessionnal, comme la pauvre tourterelle
qui se baignait au bénitier, et apprend les angoisses
de la soif, son avarice prudente se refusant à con-
sommer ses dernières bouteilles de Villaudric. Le
voisin avait bien un puits, dont le liquide était
même excellent. Mais c'était un libre-penseur, voire
un franc-maçon aussi laïquement intolérant que le
curé l'était canoniquement, ce qui se rencontre sou-

vent, un parpaillot dont un prêtre ne pouvait décemment implorer les offices. Notre Boudois, une belle nuit, s'étant aperçu cependant que le voisin avait laissé la porte de son jardin entr'ouverte, s'y glissa, tout en se cachant de Bernade, graissa la corde du dit puits, et, sans bruit, y puisa, en plusieurs fois, de quoi remplir un baquet qu'il cacha dans sa propre cave, l'enveloppant de paille, que l'eau ne gelât de nouveau. Puis, égoïste comme je l'ai dit, et sans mettre le moins du monde sa servante dans la confidence de sa bonne fortune — au risque de la laisser mourir de la pépie, — il y fut puiser secrètement tous les jours suivants une carafe au moment de chaque repas, qu'il buvait après s'être enfermé. Il y avait bien une semaine que cela durait, quand deux nuits de suite il entendit distinctement du bruit au-dessous de sa chambre. Poltron d'abord, mais ensuite et surtout curieux, il se décida, la troisième seulement, à aller voir ce qui se passait, et descendit à pas de loup dans sa cave dont il avait trouvé la porte entr'ouverte. Un étrange clapotis d'eau lui frappa les oreilles. Une main ramenée devant la chandelle, il avança dans une demi-obscurité et faillit s'évanouir d'étonnement et de colère, en voyant Bernade, la chemise sur le dos, les fesses nues, de grosses fesses paillardes faisant siphon en se soulevant, oui, Bernade en train de prendre un bain de siège dans le baquet où il avait accoutumé de puiser sa boisson.

— Malheureuse! s'écria-t-il, que faites-vous là!

D'une voix dolente elle lui répondit :

— C'est pour chasser les mauvaises idées, monsieur le curé. Mais voilà huit jours que j'y travaille sans y parvenir.

Un bruit d'ailes sifflant comme une moquerie passa sur le front du curé abasourdi à l'idée du bouillon qu'il avait bu.

C'était sainte Éponine qui, déguisée cette fois en phalène que la lumière avait réveillée, avait demandé à Dieu la permission de minuit pour assister à la déconfiture de son bourreau.

Je dédie ce conte aux bêtes qui valent bougrement mieux que les hommes.

LE CONCUPISCENT CHATIÉ

LE CONCUPISCENT CHATIÉ

I

Dans mon beau pays de Toulouse, une de ces après-midi d'été où le ciel est d'un bleu si éclatant qu'on dirait une immense pierrerie à laquelle le soleil, en obliquant vers l'horizon, met des cassures; quelques souffles tièdes dans l'air où l'âme farouche des autans n'est plus qu'une caresse par-

tout la grande sérénité qui fait prendre, aux visi-
teurs superficiels, les Toulousains pour des oisifs.
Du beau paysage de la Colonne aux bords de la
Garonne qui a dépouillé l'ensanglantement des
dernières pluies, ruban d'un vert tendre déchiré
çà et là par les sables, aux pieds de la Dorade et de
la Dalbade, de la Dorade où les hymnes se sont
tues, de la Dalbade où les psaumes chantent encore,
c'est comme une nappe de lumière qui descend,
mettant aux toits de brique rouge des éclaboussures
d'or, coupées çà et là d'ombre par les tours du Taur
et de Saint-Sernin, ondoyante comme une vague et
berçant, sur les arbres des allées Lafayette, la
chanson des oiseaux.

Dans une jolie maison retirée de Saint-Cyprien,
où l'on est à demi à la campagne, avec la vue des
grands peupliers entre lesquels passe la silhouette
d'un pont suspendu, une dame dodue, comme il
convient d'être, et un jouvenceau aux gracilités
adolescentes encore, dans un lit grand ouvert où les
venait caresser l'air tamisé par les jalousies fermées, goûtaient un repos bien acquis sinon inno-
cemment mérité. Madame Campanille avait profité
d'une absence de son mari pour être compatissante
à ce naïf amoureux dont les soupirs avaient fini par
faire tourner l'aimable girouette qui lui servait de
tête. Car ce n'était pas dans cette partie supérieure
de sa personne que madame Campanille portait le
plomb qui nous donne quelques assises dans la vie.
Elle l'avait ailleurs et où il lui eût été plus com-
mode de s'asseoir dessus que de le coiffer. Volontiers l'aurait-on pu comparer à ces petits joujoux

qu'on ne peut poser sur une extrémité sans qu'ils
se retournent vivement pour retomber sur l'autre.
On vendait, dans mon enfance, des petits soldats
comme ça. Madame Campanille eût fait évidemment la même culbute pour retrouver son centre de
gravité. Mais, comme la Nature ne se refuse aucun
caprice et fait injustement les plus belles des fleurs
sans parfums, cette petite tête qui ne contenait rien
du tout était la plus jolie du monde, merveilleusement coiffée d'une lourde chevelure noire, éclairée
d'yeux mystiques et sombres où semblaient brûler
les dernières braises d'un encensoir, tendant aux
baisers une bouche épanouie à la mesure du sourire. Ce bijou était posé sur un socle d'une certaine
majesté. J'entends que le corps, d'une belle couleur légèrement ambrée, s'était trentenairement
développé en appas du plus appétissant commerce,
nénés rebondissants sous l'étreinte, comme des
gibus, et festivales opulences là où le dos change
pudiquement de nom.

Heureux Marcelin! — Ainsi s'appelait le jouvenceau admis à l'intimité de ces copieux trésors. Tous
ses rêves de lycéen avaient soudain pris une forme
à la fois tangible et pénétrable. Il venait de cueillir
enfin le fruit des virilités naissantes à l'arbre longtemps interdit, et il ne s'était pas contenté, comme
Ève, d'une seule pomme. Le ravissement est infini
de cet assouvissement des premiers désirs; et, des
choses de la vie, la découverte de la femme est
encore la seule qui tienne plus qu'elle n'a promis.
La réalité y est plus belle encore que le songe. Ah!
cette heure est trop rapide qui nous met sur le

chemin du Calvaire par la porte du Paradis! Cet
enveloppement, à la fois délicieux et mortel, de
tout l'être, l'anéantissement divin qui le suit, cette
folie d'être bu par une lèvre, mangé par des dents,
absorbé dans un être de beauté supérieure, emporté
comme un flot dans la mer engloutissante des caresses! Heureux Marcelin!

— Si nous déjeunions, mon mignon? lui dit,
d'une voix très douce, madame Campanille, d'une
voix qui lui parlait dans le cou, avec une tiédeur
de baisers et qui le réveilla de ce sommeil adorable.

Et comme ses regards, à lui, semblaient dire que
ce n'est pas faim qu'il avait :

— Non, Monsieur, reprit-elle. Il faut être raison-
nable et vous avez grand besoin de vous restaurer.
Vous pouvez, d'ailleurs, s'il vous plaît, déjeuner en
chemise. Tenez, moi, je passe un peignoir seulement...

Et dans un vêtement flottant, presque transpa-
rent et délicieusement rose, elle cacha à demi ses
belles épaules, tout à fait ses hanches plus belles
encore.

II

La nappe fut jetée sur une table carrée autour
de laquelle elle pendait de tous côtés, étant trop

longue. Les deux couverts furent rapidement mis en face l'un de l'autre et deux fauteuils cannés ouvrirent les bras à ceux qui les allaient occuper. Madame Campanille, qui était une femme d'expérience, avait tout prévu. Elle flanqua les deux autres côtés de la table, ici d'un guéridon portant une volaille et un pâté de Tivollier, là d'un autre petit meuble sur lequel était posée une excellente bouteille de vieux Villaudric, en compagnie de vin d'Alicante qui parfumait la chambre à travers le bouchon. J'oubliais la petite salade d'artichauts crus mêlés de lamelles de truffes, réconfortant très à la mode là-bas pour le genre de relevailles dont il s'agit. Tout cela était le plus coquet du monde pour la dinette que méditaient nos amoureux. Quelques baisers volés, furtifs, pris à la pipée, en furent le naturel apéritif. Madame Campanille s'assit la première, relevant les jupes de son peignoir au-dessus du dossier du fauteuil, de façon à ne rien perdre de la fraîcheur ambiante, tout en étant comme une petite sainte dans sa niche de mousseline. Marcelin, à qui un appétit furieux était venu, allait s'asseoir joyeusement en face, quand un aboiement joyeux de chien retentit dans l'escalier. Une voix d'homme, après un léger grincement de porte, et madame Campanille s'écria, pâle comme une morte :

— Mon mari !

Marcelin qui, comme je l'ai dit, était fluet, sans être décharné ni maigre le moins du monde, instinctivement piqua une tête sous la table dont, comme je l'ai dit, la nappe traînait à terre. Toujours instinctivement, il s'engagea la tête sous le

fauteuil de sa bonne amie qui ouvrit les jambes de
façon à lui laisser passer les épaules, et, comme
assis sur celles-ci, il recroquevilla si bien ses
jambes, les genoux en l'air, qu'il tenait vraiment
bien peu de place et qu'on pouvait fort bien s'asseoir sur l'autre fauteuil sans s'apercevoir de sa
présence. Madame Campanille, morte de frayeur,
ne se leva pas et laissa entrer son mari sans oser
regarder derrière elle.

Joyeusement et sans témoigner le moindre étonnement, celui-ci lui prit la tête et la baisa au
front.

— C'est gentil, ma chérie, dit-il, ce que tu as
fait là !

Et, comme, dans sa conscience coupable, elle
redoutait encore une ironie dans ces simples
paroles, il acheva de la rassurer en continuant :

— J'avais une peur bleue que tu n'eusses pas
reçu encore la lettre qui t'annonce mon retour. Je
n'ai pu l'écrire que fort tard hier. Mais, Dieu merci,
elle t'est arrivée à temps, puisque tu m'as attendu
pour déjeuner, après avoir mis deux couverts ! Que
tu dois avoir faim et comme tout ça a l'air bon !
Ah ! chère femme ! Un Tivollier ! du Villaudric !
Tout ce que j'aime ! Tu as pensé à tout. Ah ! mon
pauvre ange ! Quel bonheur de te revoir !

Tout cela était dit d'un ton très naturel, excluant
tout idée de sinistre comédie. La pantomime fut
encore plus tranquillisante que le discours. Très
gaiement, M. Campanille s'assit à la place réservée
à Marcelin. Celui-ci qui avait craint pis encore, de
la part d'un époux aussi impatient, put détailler

dans son esprit tout ce qui se passait au-dessus de
lui. Il n'eût tenu qu'à lui de ne rien perdre du dé-
coupage du poulet, de l'ébrèchement du pâté, de la
dégustation du Villaudric et de l'Alicante. Mais son
esprit, en même temps que ses yeux, étaient ailleurs,
absorbés par un spectacle vraiment fée-
rique et délicieux. J'ai dit que le fauteuil sur lequel madame Campanille était assise, était canné,
largement canné, j'entends autant à claire-voie
qu'il se puisse être. J'ai dit aussi qu'ayant retroussé
son peignoir par-dessus le dossier, elle y avait
posé la nudité absolue de ses charmes. J'ajouterai
que la couleur rose de son peignoir, par où filtrait
la lumière, enveloppait cette apparition d'une lumière absolument idéale. C'était divin. Il sembla
tout simplement à Marcelin que, par une grille d'or,
tendue à une fenêtre des cieux, un ange lui souriait,
le regardait avec un petit œil si caressant, si fripon,
si plein d'inconvenantes promesses, qu'il se sentait
plus troublé encore que durant les antérieures délices.

Et il aurait voulu passer ainsi l'éternité!

De temps en temps, il est vrai, Campanille, qui
prenait ses genoux, à lui Marcelin, relevés sous la
table, pour ceux de sa femme, interrompait son
extase en les lui pinçant affectueusement, ce qui
lui faisait horreur. Mais le rêve éperdu continuait
en dépit de ces physiques accidents.

III

A peine ressentait-il l'inquiétude d'un départ cependant nécessaire. Mais madame Campanille, infiniment moins rassurée, et non point ravie comme lui au troisième ciel, lui exprimait, à tout moment, par une mimique des jambes dont elle l'entourait, son ennui de le sentir là. Tout à coup cette mimique devint plus pressante et se transforma en une invitation très nette de déguerpir. En effet, M. Campanille, très lassé du voyage, venait de s'assoupir comme il avait d'ailleurs coutume de le faire après tous ses repas. La tête renversée en arrière et les cuisses ouvertes en compas, les pieds ne posant que sur les talons, on l'entendait distinctement ronfler. C'était une occasion inespérée de fuir. Mais la retraite était coupée de trois côtés, ici et là par les meubles soutenant les victuailles et les vins, du côté de madame Campanille par son peignoir qui fermait le fauteuil. Car elle n'osait bouger de peur de réveiller le dormeur. Il fallait donc absolument passer entre les jambes étendues et sous le fauteuil de Campanille lui-même. Marcelin, qui le comprit, se détendit doucement de sa position accroupie, et, marchant, pour ainsi parler, sur ses coudes, arriva à se glisser jusqu'à la tête

sous le siège de son ennemi, précédé de ses jambes
qui étaient déjà dehors. Or, le fauteuil de Campanille était aussi canné et le drôle, pendant le repas
et ayant chaud, s'était mis à l'aise, comme sa
femme, en débridant son haut-de-chausses. Si bien
que le pauvre Marcelin eut une vue qui ne valait
assurément pas l'autre. De plus, au moment même
où il boutait son nez, lequel il avait long et effilé,
avec des narines très ouvertes, au plus près du
cannelage, maître Campanille, qui rêvait qu'il était
à la chasse, lui lâcha une belle pétarade à la
languedocienne, bien nourrie et parfumée à l'ave-
nant, comme Dieu en fait renifler à Satan quand le
maudit vient flairer les encensoirs.

Mais là s'arrêta le châtiment du ciel. Car il put
reprendre ses habits et s'enfuir sans que maître
Campanille se fût réveillé. Le contraste entre les
deux événements si divers par lesquels il était
passé, inspira ce sonnet philosophique à notre précieux Cadet-Bitard :

SORT IRONIQUE

Souffles d'amour qu'on boit, rêvant,
Sur les lèvres des bien-aimées
Comme à des roses parfumées,
Et pets des roussins, tout est vent !

Et, tandis qu'aux uns, trop souvent,
S'ouvrent nos narines pâmées,
Des autres les sales fumées
Y glissent un air décevant.

Qu'on nous plaigne ou qu'on nous envie,
C'est le commun sort, et la vie,
De l'instant où nous sommes nés,

Tour à tour aimable et farouche,
Ou — tendre — nous baise à la bouche,
Ou — féroce — nous pète au nez !

Fi, monsieur Cadet! pourvu qu'on ne m'attribue
jamais vos vers!

FONTE DE NEIGES

FONTE DE NEIGES

I

Au poète Prosper Marius.

Pour le coup, l'aventure que je vais vous raconter est parfaitement authentique et, de plus, contemporaine, remontant à quinze jours au plus et contrastant avec mes contes ordinaires dont l'actualité remonte généralement le cours des siècles. Car je n'ai pas mon pareil pour interviewer les compa-

gnons de saint Louis. J'en ai dit ailleurs déjà la
raison, j'imagine. Pas plus que pour Dieu, dont le
philosophe Laromiguière a dit qu'il ne prévoyait
pas mais qu'il voyait de toute éternité, ce qui lui
permet de se conduire avec nous d'une façon abo-
minable, le temps ne me semble exister pour
l'homme. Pure convention qui permet aux facteurs
de nous vendre coûteusement des calendriers. Que
voyez-vous dans l'histoire ? L'homme héroïque ou
stupide par amour, à moins qu'il ne soit simplement
dégoûtant d'ambition, de gourmandise ou d'avarice.
Alors je vous demande un peu en quoi importe la
date de ses vilenies coutumières et ce qu'y ajoute le
millésime d'un siècle ou d'un autre ? Jouets fugitifs
de passions éternelles, nous demeurons toujours les
mêmes marionnettes pendues aux fils obscurs de la
destinée. Les événements logiques, nécessaires, ne
font que changer d'habits avec les modes. Et tenez,
le temps existe si peu que la petite histoire qui suit
semble avoir eu pour héroïnes les belles haulmières
que fréquentait le doux Villon, celles qui disaient
plus tard :

> Ainsy nostre temps regrettons
> Entre nous, pôvres filles sottes,
> Assises tout à croppetons,
> Et dans un coin, comme pelottes,
> Auprès d'un feu de genèvrotes
> Tôt allumé et tôt éteintes.
> Et pourtant fusmes si migrottes.
> — Ainsy en pend en maints et maintes !

et qui faisaient douce déjà la vie des pauvres hères

de ce temps, marchandes d'amour, c'est-à-dire d'infini, qui, par les carrefours d'antan poursuivaient les maigres escholiers et ne servaient pas moins aux délices des moines, bienfaisantes créatures, au demeurant, que les goujats seuls insultent et que méprisent seuls les sots. Or, Dieu merci ! l'espèce n'en est pas morte. A coté des courtisanes insolentes qui, quoi qu'on en dise, tiennent à Paris le haut du pavé, dans l'ombre humide du trottoir, l'antique plèbe des grelotteuses bonnes filles n'attend qu'un verre de vin d'occasion pour chanter ou pour rire, amies tour à tour mélancoliques et joyeuses des bohèmes et des meurt-de-faim. Sous la pluie, ces hirondelles du vice, comme les autres, rasent les murailles, l'aile pendante, et le passant qui se mouille ne dédaigne pas toujours leur hospitalité. Maintenant, il est vrai, les rues sont rares à Paris où elles chassent en pleine liberté et la cité nocturne a perdu à cela une partie de son pittoresque. Ce lacet vivant qui courait entre les maisons, sous un chiffonnement d'étoffes, avec un mollet s'arrondissant, çà et là, sous une jupe obscènement relevée, fut, je l'avoue, une des gaîtés malsaines, une des curiosités charmeresses de ma vie de collégien. Autant qu'il m'en souvient, il y en avait de jolies parmi ces ombres perverses qui rencontraient plus souvent, sur leur chemin décrié, le Styx que le Pactole. Sans moustache encore à la lèvre, je me sentais très fier quand elles daignaient me faire leur petit : Psitt ! et je ne me sentais plus de joie quand elles m'appelaient : Joli blond ! Ainsi mes premiers orgueils d'homme fleurirent au bord

du ruisseau, comme de fangeux iris mais dont
l'haleine me grisait. O Circés des carrefours domi-
nicaux par où je rentrais à l'école, qu'êtes-vous
devenues ! Comme le doux Villon je m'attendris au
souvenir furtif de vos jupons blancs mouchetés de
boue et de ce fantôme de la femme, déjà vainqueur
de mon âme, que vous promeniez sous les cieux
pleins d'étoiles de ma studieuse adolescence !

Quelques quartiers de Paris seulement sont restés
privilégiés à ce point de vue et Vénus Mérétrix y
tient encore ses petites assises — oh ! bien modestes
— sous l'œil rouge des poêles derrière lesquels
soufflent des marchands de marrons coiffés de
toques en peau de chat, dans la lumière borgne qui
tombe des devantures du marchand de vin, traversée par le rayonnement multicolore des bocaux
vénéneux, avec un petit bruit de talons sur la
chaussée scandant les cantiques des ivrognes. Les
environs de Saint-Sulpice — où les Séminaires
vont-ils se nicher ? — possèdent encore quelques-
unes de ces petites oasis-là.

II

Donc, — il n'y a pas de cela encore la durée d'une
lune, car je me suis toujours servi de la lune pour
mesurer le temps et souvent aussi pour le faire
passer, — un bon propriétaire de la rue Bernard-

Palissy, laquelle n'est pas bien lointaine de cet
endroit, résolut de mettre un terme aux promenades
nocturnes des irrégulières qui foisonnent, une fois
le soir tombé, aux environs de son vertueux im-
meuble, ne permettant pas à ses voisins, non plus
qu'à lui-même, de rentrer au logis sans un bout de
conversation déshonnête. Voyez-vous le bel ennui
de pincer une taille en regagnant ses lares ! Je suis
convaincu que les femmes de ces prudes bourgeois
avaient tout à gagner à cette innocente excitation.
Mon endiablé de morale n'en fit pas moins signer,
par tous les notables du quartier, une pétition tendant à faire disparaître de sa rue (ne nous gênons
pas, monseigneur) ce qu'il appelait aussi peu
galamment que possible : « les immondices de toute
nature » qui la déshonoraient. Des immondices, ces
pauvres petites bougresses qui peinent à donner un
peu de plaisir — et à si bon compte — à leurs contemporains ! Car on ne réfléchit pas assez au bon
marché de ces choses, étant donné les prix exa-
gérés de toutes les autres. Mais ça deviendra bientôt
la distraction la plus recommandable aux gens éco-
nomes. Ne me parlez pas d'une société où ce qui
vaut le plus au monde se paie, en réalité, moins
cher qu'un mauvais dîner.

Le réquisitoire contre ces malheureuses fut donc
couvert de paraphes où s'étalaient, à dose égale, la
bêtise et l'inhumanité. Les plus bêtes de ces signa-
taires firent, à cette occasion, de la calligraphie. Le
factum était rédigé avec un soin plein de préten-
tion. Il y était dit, en particulier, que par ces temps
de neige (oh ! les pauvrettes ! comme elles devaient

avoir froid à leurs petits pieds!) les zigzags de ces
drôlesses sur la candeur du tapis où étincelait la
lune étaient bien plus apparents encore, voire plus
scandaleux. Voyez-vous M. Prudhomme prenant la
défense des virginités de la Nature et ne voulant pas
qu'on souille sa robe de fiancée! Sacré poète, va!

Mais il se glissa un faux frère parmi tous ces imbéciles, un poltron qui signa pour faire plaisir à sa
femme, mais qui intérieurement était navré qu'on
le privât de sa petite causerie du soir. Sous le prétexte de recueillir de nouveaux adhérents à cette
croisade impie, il garda vingt-quatre heures le
papier et le montra à une de ces demoiselles afin
qu'elle prévînt charitablement ses compagnes du
danger qu'elles couraient toutes. Sans doute avait-il
poussé la naïveté jusqu'à lui recommander le secret.
Mais vous pensez si à l'instant même la nouvelle fit
le tour des chambrettes meublées où, comme des
toiles d'araignée, se tendent, le jour, des rideaux
derrière les jalousies qu'une lampe intérieure raye
de feu quand vient le soir. Un singe, en boulever-
sant une ruche, n'en ferait pas sortir un pareil bourdonnement. Ce fut une indignation qui éclata en
malédictions et en injures que je ne noterai à aucun
prix. Car, pour sympathiques que soient ces créatures, elles ne sont pas bien élevées, j'en conviens.
— Ah! le vieux ci! — Ah! le vieux là! — Mettons
pour ci et là les plus vilains mots de votre vocabu-
laire personnel. — Attends un peu, Machin! —
Nous allons rire, Chose! — Machin et Chose ne sont
encore là que comme des synonymes délicatement
obscurs.

Ce grand effarement se communiqua rapidement
— tel un torrent qui se brise en plusieurs cours —
dans les rues avoisinantes, également fort appa-
rentées de belles de nuit. Un véritable meeting, un
conciliabule, un concile œcuménique (si j'ose m'exprimer ainsi) s'organisa avec une rapidité effroyable.
La vengeance fut résolue, le plan approuvé, les rôles
distribués à l'instant.

III

Et le lendemain, sous le premier clignotement
étonné des becs de gaz faisant courir des lumières
jaunes sur la neige qui venait de tomber encore, de
la rue du Four, de la rue du Dragon, de la rue des
Ciseaux, de la rue du Sabot, elles descendirent, se
divisèrent en escouades de cinq, et commencèrent,
les escouades se succédant pour cet office, à « com-
pisser fort aigrement », comme disait Rabelais, le
seuil du propriétaire mal hospitalier qui les avait
dénoncées. Et se relayant ainsi, avec une verve
entretenue par de fréquentes libations chez tous les
mastroquets du quartier, elles finirent par amener
une façon d'inondation devant la porte. Et les étu-
diants qui passaient par là, les curés qui avaient
fait un petit tour pour rentrer dans la grande chasu-
blerie parisienne, les bonnes gens en visite chez des
amis qui regagnaient leurs pénates, s'arrêtaient

6.

stupéfaits devant ces quintettes de dames dans la
position des poules qui pondent. Une fatalité bien-
faisante fut que le véritable auteur de tous ces
désordres recevait précisément ce soir-là. Ses invités, en descendant de voiture, barbotant dans
l'eau tiède, durent faire rompre les rangs à ces
pompières d'un nouveau régiment. Ce que les petites
pimbêches, en robe blanche, qui allaient miauler
des romances à domicile, poussèrent de petits cris
indignés! L'Arrosé, prévenu par ses hôtes, sortit
furieux. Mais il fut accueilli par des éclats de rire
et des propos malséants. — « Ah! tu veux balayer
les immondices, grigou! Eh bien, regarde! » Et
elles lui montraient la neige fondue par leur chaude
hydrothérapie et le pavé déjà lavé, dans toute la
longueur de la rue, par leurs ablutions.

Le lendemain, dès l'aube, quand les tombereaux
de sel municipal arrivèrent, la rue Bernard-Palissy
offrait le spectacle d'une admirable propreté. On ne
comprit pas comment cette toilette s'était faite. Ce
qui prouve que nous savons mal tout le parti qu'on
pourrait tirer d'une institution que l'interdiction
de la *Fille Élisa* a bien inutilement essayé de
flétrir.

LA FAUSSE DÉVOTE

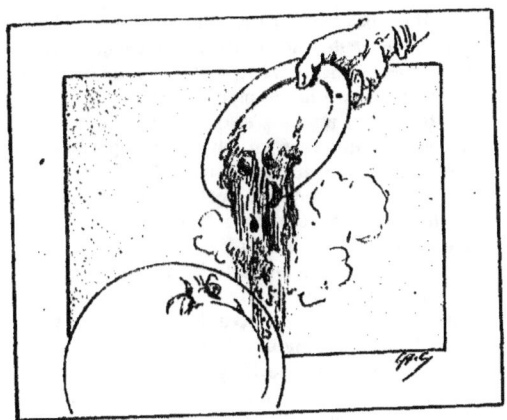

LA FAUSSE DÉVOTE

I

Le retour du mercredi des Cendres n'est pas sans me jeter quelque mélancolie dans l'âme. Non pas que j'y déplore la fin de ces fêtes de la Boucherie qui ont tort de renaître parce que je ne sais rien de plus dégoûtant. Que l'homme se résigne à vivre de carnage, c'est une loi qui a inspiré à Bossuet une admirable page ; mais qu'il s'en réjouisse et en fasse

un divertissement, c'est simplement une honte de
plus à l'actif de notre misérable espèce. Ce souffle
de tristesse ne me vient pas non plus de croyances
envolées. Il y a longtemps que la musique sublime
et vide des psaumes n'emplit plus que mon oreille,
et c'est comme dans un rêve que je passe à travers
mes souvenirs d'enfance tout parfumés d'encens. Et
cependant le mot que le prêtre jette, ce jour-là, aux
fidèles, en leur posant au front son pouce maculé,
sonne dans ma mémoire. Je suis hanté de ce
Pulvis es, qui me semble l'histoire de mon cœur.

Car ce n'est pas au front que nous portons nos
cendres, nous tous qui avons vécu la vie terrible et
délicieuse de l'Amour. Ailleurs, comme dans une
urne sainte, sous notre poitrine, la poussière est
demeurée de tout ce qui fut nos joies passées et nos
désespoirs oubliés. Cette cendre que réveille quelquefois l'haleine de nos soupirs est encore le plus
précieux de ce qui reste de nous-même. *Pulvis es!*
O mémoire des bien-aimées dont l'oubli a effacé les
pas sur mon chemin. *Pulvis es !* Théorie charmante
d'ombres dont j'ai dit autrefois déjà :

> Souvent, à la clarté qui tremble,
> Sur l'âtre en feu je les revois,
> Les amoureuses d'autrefois,
> Je les revois toutes ensemble.

> Elles gravissent lentement
> Le coteau fleuri de mon rêve ;
> Dans mon cœur, réveillant sans trêve
> Le remords du dernier serment.

Ces doux spectres aux fronts de femme,
Ces chers hôtes de mon foyer,
Ces débris aimés de mon âme
Me rendent à moi tout entier.

Rappelez-vous, ô bien-aimées,
De ces jours, de tous les meilleurs
Et de tant d'heures con-umées
En tant de baisers et de pleurs.

Pulvis es ! velours des lèvres dont le duvet s'é-
crasait aux baisers, flot aérien des chevelures où se
noyaient les doigts frémissants, tiédeur des seins
dont les flammes intérieures se sont lassées comme
celles des volcans éteints, tout ce qui nous était
l'extase des contemplations mystérieuses dans l'a-
bandon divin des caresses. *Pulvis es !* douceur des
noms qui vous laissaient un miel dans la bouche,
écho des pas furtifs qui vous sonnaient en plein
cœur. Vous êtes comme une fumée autour de l'encensoir où le dernier et viril amour nous consume
nous-mêmes. Que d'adieux ! que d'immortelles
douleurs guéries ! que de serments oubliés, dans ce
Pulvis es qui est comme la décevante devise des
humaines fragilités !

Et maintenant, si nous nous égayions d'un petit
conte légèrement incongru et dissipateur des philo-
sophiques brouillards ?

II

Je faisais ma première année de droit — avant
de songer à me préparer à l'École — c'est donc que
j'avais seize ans et, bien entendu, déjà une maîtresse. La perfide Zélie, je l'ai su depuis, me trom-
pait particulièrement avec des quinquagénaires.
Voilà qui est pour consoler de vieillir. Elle était
d'ailleurs jolie et fort gaie. Nous habitions ensemble
la rue Racine dans un hôtel très recherché des
jeunes Méridionaux, pour ce qu'on y savait faire
le cassoulet, ce qui n'est pas un mince mérite. J'y
avais pour voisin et pour ami mon compatriote
Marius, dont la bonne amie Estelle n'était pas sans
charmes non plus. Zélie était franchement bonne
vivante. Estelle, au contraire, avait des principes.
Elle parlait volontiers de sa famille, de la belle éducation qu'elle avait reçue, au couvent, et il fallait la
prier beaucoup pour qu'elle ne fît pas maigre le ven-
dredi. Ainsi augmentait-elle, pour l'heureux Marius,
le prix de sa conquête, en lui faisant accroire qu'elle
lui sacrifiait un tas de préjugés respectables. Le
gros cornichon se roulait voluptueusement sur cette
litière de bons sentiments. Il prenait, sybarite volontaire, ces côtes de choux pour les plis d'une
feuille de rose. Il avait une façon de vous dire :
« Cette sacrée Estelle a de la religion ! » très con-

vaincue, avec un faux regret dans l'accent, laquelle
me donnait de prodigieuses envies de rire. Car j'en
savais long sur la vertu d'Estelle qui en avait déjà
endormi plus d'un sur cette paillasse d'imaginaires
sacrifices. Mais il n'y avait pas à contrarier Marius.
Cette dévotion profanée d'Estelle, c'était sa gloire, à
lui. Quand on voulait lui faire plaisir, on remarquait
tout haut sa solitude du dimanche matin. Alors il
baissait les yeux et répondait d'un air dédaigneusè-
ment flatté : Estelle est à la messe.

Quelquefois elle lui rapportait du pain bénit qu'il
mangeait avec une componction tout à fait comique,
après avoir ébauché un signe de croix.

Le carnaval vint, cette année-là, comme toutes
les autres, avec cette différence que nous y croyions,
en ce temps-là. C'était une terrible occasion de s'a-
muser infiniment plus qu'on ne le fait aujourd'hui
à l'Opéra. Ce n'était pas des acrobates payées qui
dansaient le cancan, mais ces belles filles qui s'appelaient Rosalba, Voyageur, Camille, et que ceux
de ma génération n'ont pas oubliées, tulipes de
Bohême dont le caprice retroussait les jupes éperdument, et jetaient, dans un tourbillon, un baiser à
qui les emmènerait le soir, une fleur à qui les pos-
séderait le lendemain. Le grave Observatoire, sous
son chapeau de plomb, avait alors un voisin vraiment gai, coiffé de tous les bonnets qui avaient
sauté par-dessus les moulins. Zélie levait très pro-
prement la jambe, mais pour un empire vous ne
l'eussiez décidée à tenir cinq minutes son soulier
au bout de son bras, comme le font les jolies décrot-
teuses d'à présent. Quant à Estelle, elle ne levait

7

rien du tout et dansait comme à Nanterre, avec de
petits balochements de tête seulement et d'imper-
ceptibles petits battements des doigts sur la jupe,
tout cela plus excitant au demeurant que les pyrrhi-
ques désordonnées à la mode déjà.

Quand fut arrivé le Mardi-Gras, on complota de
magnifiques adieux à cette longue saturnale de la
semaine joyeuse. Mais Estelle déclara net qu'elle
passerait cette soirée-là dans sa famille où l'on avait
coutume de manger une oie aux marrons et des
crêpes. Elle désobligerait ses parents en ne prenant
pas part à cette innocente agape. Marius nous dit
mystérieusement : « C'est parce que le carême commence à minuit. C'est des choses qu'il faut respecter. » Et lui-même nous prévint qu'il nous quit-
terait de bonne heure, n'ayant pas grand plaisir à
s'amuser sans sa maîtresse.

III

Après une nuit blanche mais fort agréablement
occupée, laissant Zélie au lit, je sortis d'assez bonne
heure pour aller faire une course. Un garçon qui ne
s'était pas plus couché que moi, à en juger par sa
mine défraîchie, que personnellement je connaissais, mais qui ne faisait pas partie de la même
bande que nous, Maxime, me dit bonjour en passant.

— Estelle n'est donc plus avec ton ami Marius? me demanda-t-il.

— Mais si, balbutiai-je.

— Alors, mettons que je n'aie rien dit.

Mais ma curiosité piquée ne le laissa pas tranquille. L'homme n'est pas moins naturellement bavard que la femme et j'eus bientôt le secret de Maxime.

— Garde cela, au moins, pour toi, me dit-il. Car je ne voudrais pour rien au monde affliger ton ami. Mais Estelle a soupé, cette nuit, avec nous, de l'autre côté de l'eau. Nous l'avons reconduite ensuite et il nous en est arrivé une bien bonne rue de la Harpe. Il faisait petit jour à peine et Estelle, qui avait bu infiniment de champagne, éprouva le besoin d'en laisser un peu sur son chemin. Galamment, son cavalier et moi nous nous mîmes en sentinelle, l'un d'un côté, l'autre de l'autre de l'hydraulicienne, de façon à la protéger des regards indiscrets. Entre nous deux s'était-elle donc mise à *croppetons*, comme disait le doux Villon, pour exhaler le ruisselet qui commençait à courir déjà entre les pavés, étincelant par place, sous les derniers rayons blancs de lune.

Tout à coup la fenêtre d'un cinquième s'ouvrit au-dessus de nous et nous reçûmes, le galant d'Estelle et moi, sur notre chapeau et sur nos épaules, Estelle elle-même, sur le bas des reins qu'elle avait mis à découvert pour ne pas laisser tremper ses jupes, toute une charge de poussière équivoque : — une vieille, sans doute, qui nous vidait sur la tête l'assiette poudreuse qui servait de water-closet à son

chat. Nous commençâmes par crier, puis nous nous
mîmes à rire en nous secouant les parties endom-
magées. Mais cette dernière opération était beaucoup plus malaisée à Estelle qu'à nous, et certainement elle dut embarquer dans son pantalon, en le
renouant, un peu de ces cendres parfumées. Et
maintenant adieu! sois discret!

Et Maxime disparut, me laissant abasourdi de la
malhonnêteté naturelle des vieilles qui ont des
chats et de toutes les femmes, en général, y compris
l'hypocrite Estelle. Oui, je rentrai plein de la mélancolie de cette découverte dont le côté comique
s'effaçait absolument pour moi. *Ab una disce omnes!*
Je n'aurais plus donné cinquante centimes de la
fidélité de Zélie La chambre de Marius était ouverte
quand je passai devant pour regagner la mienne qui
était contiguë.

— Estelle n'est pas encore rentrée, me dit-il avec
quelque chagrin.

Mais il ajouta, en levant les épaules d'un ton
tranquillisé et comme se raillant soi-même :

— Parbleu! Elle aura été recevoir les cendres.

Je lui serrai la main sans dire un seul mot. Zélie
m'attendait aussi, mais à sa façon, en dormant
comme une perdue. Tout doucement je me glissai
près d'elle, rien n'étant au monde plus délicieux
que la tiédeur du lit qu'une bien-aimée emplit des
moiteurs embaumées de son sommeil, si ce n'est
encore le frôlement instinctif des jambes tièdes
qu'elle enlace aux vôtres sans se réveiller tout à fait,
avec de vagues baisers sur la bouche et qui peut-
être ne sont pas pour vous. Je goûtais cette série dé-

licieuse d'impressions quand un petit bruit dans le couloir m'avertit qu'Estelle réintégrait enfin le domicile de Marius. La cloison était mince et j'entendis fort bien qu'elle parlait des cendres qu'elle avait été chercher à Notre-Dame-de-Lorette, la paroisse de ses parents. Puis un silence... le temps qu'elle se déshabillât sans doute pour souhaiter, comme il convient entre amoureux, le bonjour à son ami. Tout à coup j'entendis Marius s'écrier d'une voix de tonnerre :

— Mais, sacrebleu! quelle figure as-tu donc mon trée à ton curé!

GRAVE AFFAIRE

GRAVE AFFAIRE

I

— Non! non! mon cher président, vous n'ordonnerez pas le huis clos.

Et la jolie comtesse d'Estange joignait en suppliante ses petites mains blanches d'un ivoire légèrement azuré.

— Nous ne vous le pardonnerions jamais! poursuivit madame d'Estourville avec une pantomime plus décidée.

7.

— Vous savez, Pétalas, pas de mauvaise plaisanterie! acheva le commandant Laripète qui avait le franc parler d'un dragon.

Et le président Pétalas, tout en humant sacerdotalement son thé, avec l'air d'un homme enchanté que de charmantes femmes et du meilleur monde le prient, minaudant, faisant son vieux singe, répondait :

— Mais si! Mais si, mes toutes belles! Je ne puis faire autrement. Une affaire de cette inconvenance!

— Justement! interrompit la commandante. On n'en a pas si souvent.

— Je vous dis que c'est impossible. Songez-y donc, un viol!

— Ça, ça n'est pas vrai! riposta madame Laripète.

— Et pourquoi ça?

— Parce que jamais on n'a violé une femme. C'est moi qui vous le dis.

— Et elle le sait mieux que personne, murmura charitablement la comtesse d'Estange à l'oreille nacrée de rose de madame d'Estourville.

— Cependant, la loi a prévu le cas, fit gravement le président Pétalas.

— La loi a été faite par les Romains, riposta vivement la commandante, c'est-à-dire par des gens autrement râblés que vous, mes petits pères. Mais les hommes d'aujourd'hui! Voyons! vous, Pétalas, est-ce que vous avez jamais violé personne?

— Commandante, ma conscience ne m'a jamais permis...

— Ce que vous voulez dire ne s'appelle pas conscience, gros dévergondé. Mais tenez, voici le baron Baudrille qui passe pour un Don Juan, demandez-lui donc ce qu'il pense de cela. Baron, est-ce que vous croyez qu'on peut violer une femme ?

— Assisté de trois amis dévoués dont l'un l'étouffe en la bâillonnant, l'autre lui tient les bras captifs et le troisième lui écarte les jambes, excité soi-même par quelque aphrodisiaque violent, la chose ne me paraît pas absolument impraticable.

— Eh bien, mon cher président, est-ce que les choses se sont passées ainsi, dans cette affaire Chauminet dont vous voulez nous faire un mystère ? Mais il n'y a plus que les magistrats, en France, qui croient qu'on peut nous posséder malgré nous. On en a d'ailleurs si rarement l'occasion ! Si vous ordonnez le huis clos pour l'affaire Chauminet et que vous condamniez l'innocent, tout le monde croira que vous portez un intérêt coupable à la victime qu'on dit fort jolie.

— Et je vous refuserai ma main quand vous la voudrez baiser, ajouta la comtesse d'Estange.

— Et je ne vous inviterai plus à mes garden-parties, conclut madame d'Estourville.

— Oh ! Mesdames, Mesdames ! Eh bien, soit ! si la pudeur ne s'y oppose pas absolument, je ferai laisser les portes ouvertes.

— Que vous êtes gentil ! Et vous ferez raconter à la jeune fille tout ce qu'on lui a fait !

— Quel bonheur ! Vous n'omettrez, au moins, aucune question intéressante ?

— Ce bon Pétalas ! à quelle heure l'audience ?

— Onze heures, mais venez de bonne heure pour
être bien placées. Je vous réserverai des fauteuils.
Mais ils pourraient être envahis. Tenez, voici mes
dernières cartes d'entrée. N'est-ce pas qu'elles sont
d'un joli goût? C'est Leloir qui m'en a fait la
vignette. *La balance de la Justice devenue folle aux
mains de la Beauté.* Une idée à la Prud'hon. C'est
galant, n'est-ce pas?

Et le président Pétalas fit sa distribution avec
une grâce apprêtée. Car la justice contemporaine
se rend fort bien compte du devoir que lui impose
le marasme du théâtre, et sait que la vraie comédie
est chez elle maintenant. Elle a remplacé, dans ses
prétoires, le buste de d'Aguesseau par celui de
Molière. On ne rit plus guère qu'aux assises maintenant et, si nous n'avions pas les bons mots des
présidents, on pourrait dire que la gaieté est morte
dans notre malheureux pays.

M. Pétalas était un de ces magistrats joviaux qui
ne vous envoient jamais un homme au bagne sans
lui avoir donné l'occasion d'amuser un peu la
galerie. Il vous égayait vingt ans de réclusion d'un
calembour que le condamné emportait précieusement dans son cachot. C'était une façon dernier-
adieu dont il le régalait avant de prendre congé de
lui. Il avait fait du Code pénal un simple recueil de
bons mots à l'usage des gens du monde où l'on fait
des chaussons de lisière.

Les habitués de ce genre de spectacle faisaient
grand cas de lui et n'hésitaient pas à le comparer
à Daubray dans ses meilleurs rôles. Ce *vis comica*

était voilé, chez lui, par une apparente gravité qui en augmentait l'effet.

II

Une fort jolie salle, ma foi ! Madame d'Estange dans une ravissante toilette bleue ; madame d'Estourville en rose clair ; la commandante avec un oiseau fabuleux sur son chapeau. Toutes les élégantes affluées par toutes les curiosités et de beaux yeux étincelants sous le frisson léger des chevelures. L'entrée de l'accusé Chauminet fut saluée d'un murmure flatteur. Un monsieur qui viole ! Peste ! Celui-là ressemblait cependant un peu à tout le monde. Il n'avait rien d'herculéen ni de particulièrement faunesque. Il avait même l'air tout à fait d'un bon garçon qui ne sait pas trop ce qu'on lui veut. Le ministère public, sous les traits d'un substitut d'aspect bilieux, n'en fit pas moins un geste d'indignation en le couvrant d'un regard de colère. L'interrogatoire fut sans éclat. Il avouait parfaitement avoir aimé mademoiselle Rosalie Barnaba dans le bois de Meudon, au jour dit par l'acte d'accusation, mais il assurait que c'était du parfait consentement de celle-ci. Et tout le monde, hormis le substitut bilieux, en paraissait exactement convaincu.

— L'impudente drôlesse ! murmurait la commandante, en mordillant la batiste de son mouchoir.

— Il ne me ferait pas peur! disait madame d'Estange.

— Après ça, on ne sait pas, continuait madame d'Estourville. J'ai eu un petit chien...

Elle s'arrêta net en cachant son nez dans son éventail.

Toutes les têtes se tournèrent vers la plaignante quand elle entra. On avait aperçu, quand la chambre des témoins s'ouvrit et dans le jour de la porte, la silhouette de ses vénérables parents qui se portaient partie civile, de ces gueules de paysans éhontés qui font argent de tout.

Elle, mademoiselle Rosalie Barnaba, semblait une personne de tempérament assez résolu, mais à qui on avait fait la leçon pour qu'elle prît l'air intéressant d'une victime.

— Tartufesse! grommela la commandante, de plus en plus indignée.

Le substitut bilieux fit comme s'il essuyait une larme sur sa large manche noire, rien qu'à la vue de l'innocence si indignement polluée.

Le président Pétalas le prit sur un ton paternel et bienveillant, évidemment destiné à le rendre lui-même sympathique à l'auditoire.

— Vous allez tout nous raconter, mon enfant, et violenter pour cela la tristesse de vos souvenirs, dit-il avec une onctueuse solennité.

— Je l'espère bien!

— A la bonne heure!

— Nous allons nous amuser un peu, pensèrent mesdames d'Estange, d'Estourville et Laripète.

Rosalie faisait semblant d'être extraordinairement émue. Elle balbutiait...

— Je vais vous aider, mon enfant, et vous rafraîchir la mémoire, reprit avec bonté le président Pétalas. Il était six heures du soir, n'est-ce pas? Vous rentriez de votre travail, insouciante et une chanson aux lèvres. La pourpre du couchant mettait aux moindres brins d'herbe des éclaboussures de sang. C'était un paysage à la fois enchanteur et mélancolique, où la seule voix du rossignol mettait son indicible poésie. Dans un souffle léger frissonnaient les feuillages et l'âme des fleurs montait au ciel toute baignée de parfums. Cependant vous marchiez rêveuse, forte de votre vertu. C'est bien cela que vous vouliez dire?

— Mot pour mot, monsieur le président, fit Rosalie.

— Quel poète! pensa madame d'Estange.

— Quel farceur! se dit la commandante.

— Enfin, poursuivit le président, vous entrez dans le bois traversé par la flèche oblique de l'occident. Une ombre où palpitent des lumières fuyantes vous enveloppe de son mystère. Mais votre cœur innocent n'en est pas ému. Qu'avez-vous à craindre et quel monstre oserait s'attaquer à votre chasteté laborieuse? Telle la biche timide ignore les embûches du loup ravisseur. Tout à coup, au moment où vous cueillez un bouquet de pâquerettes pour madame votre mère, un misérable s'élance sur vous. Cet homme, n'est-ce pas?

— Oui, le fils Chauminet.

Et Rosalie baisse les yeux. M. le président continue :

— Il vous fait de déshonnêtes propositions que
vous repoussez avec horreur. Alors il vous enlace
de ses bras vigoureux et vous salit de ses baisers
dont vous détournez enfin votre visage. C'est toujours bien ça ?

Rosalie fait signe que oui, comme si la force lui
manquait pour répondre.

— Il passe ses genoux sous les vôtres pour vous
forcer à vous asseoir à terre et vous étend sur
l'herbe, malgré vos cris et vos prières.

M. Pétalas s'interrompt un instant, comme si
l'horreur du spectacle évoqué le dominait, en réalité pour juger de l'effet produit. Le fait est que
toutes les poitrines sont haletantes. Alors il reprend
d'une voix qui eût fait rentrer Lazare dans son tombeau, d'une voix qui scandait fatidiquement toutes
les syllabes :

— Et le misérable, malheureuse enfant, l'infâme !
vous fait subir le dernier outrage.

Rosalie releva doucement la tête :

— Non, monsieur le président, l'avant-dernier.

— Comment, l'avant-dernier? Pourquoi dites-
vous l'avant-dernier ?

La commandante se compissait de rire. Elle
savait bien, elle, ce qu'elle entendait par « avant-
dernier outrage », et elle en faisait grand cas.

Rosalie, qui n'entendit pas de même, répondit :

— Mais, monsieur le président, parce qu'il a re-
commencé.

ORNITHOLOGIE

ORNITHOLOGIE

I

Dans son vieux manoir de la Hallopay, près
Triplefesse, en Vendômois, l'excellent vidame
Adalbert, dernier héritier d'un nom fameux — car
les Hallopay avaient fait grand bruit aux croisades,
— n'ayant guère de compagnie que sa fille Antoinette, se livrait mélancoliquement à de minutieuses
études sur l'histoire naturelle des oiseaux, laquelle
l'avait toujours vivement préoccupé.

Assis au revers d'une forêt, dans un site presque sauvage, une rivière coulant au bas du parc inculte, le vieux manoir était merveilleusement choisi pour ce genre de travaux. Les premiers rossignols de l'année chantaient dans les taillis voisins, et des tourelles dentelées s'envolaient les dernières hirondelles. Le rouge-gorge familier venait battre de son bec les vitres hibernales toutes dessinées d'arabesques par le givre; et, des fenêtres, voyait-on, avec de bons yeux, se poser sur les larges et luisantes pierres de la rive les bergeronnettes au corps toujours oscillant. C'était, tout autour, un babillement de fauvettes, de pinsons, de chardonnerets portant une flamme au front, comme les apôtres. Et le bouvreuil morose, et le roitelet joyeux, et la mésange qui est comme empanachée d'une vapeur d'azur.

Avec une admirable conscience, le vidame étudiait les mœurs de tous ces volatiles charmants, et écrivait ensuite, en marge de son Buffon, des notes indignées. Il traitait de romancier l'homme aux manchettes et n'avait pas tort tout à fait. Comme le tragédien Silvain, il avait domestiqué les espèces les plus rebelles et portait dans ses poches des martins-pêcheurs, vivantes émeraudes, apprivoisés. Il avait voulu initier Antoinette à ces innocentes joies de gentilhomme collectionneur. Mais Antoinette rêvait de Paris qu'elle n'avait jamais vu, et comme il arrive souvent, la campagne, où tant de choses semblaient faites pour le charme, ne lui était que l'exil d'une cité idéale où son rêve l'appelait. Dédaigneuse de ces oiselets charmants, nos compa-

triotes ailés, qui s'égosillaient dans les buissons
pour lui plaire, elle n'avait d'attention qu'aux animaux exotiques qui quelquefois étaient envoyés de
Paris par des amis de son père; tristes hôtes des
oyselleries du quai, frileux et pleins du regret d'un
lointain soleil. C'était comme une mystérieuse fra-
ternité entre ces proscrits et elle-même, entre ces
captifs de la cage et cette prisonnière dans l'espace.
Les bengalis bleus, les rouges sénégalis, les veuves
à la coiffe noire, les cardinaux à la huppe rouge,
faisaient ses seules délices. Illusion d'un caprice
vraiment obscur! Dans leur gazouillis, ce n'était
pas le souffle agitant les larges feuilles du bananier
et les bruits mystérieux des forêts inexplorées
qu'elle entendait, mais le roulement des fiacres, la
rumeur innombrable des passants, le grand mouvement citadin se ruant en torrents par les rues, tout
ce qui fait ce Paris maudit pour nous et inconnu
pour elle.

Par une association d'idées parfaitement logique
d'ailleurs, elle adorait les livres où tous ces oiseaux
lointains sont décrits, et c'est une distraction que
lui donnait souvent son père d'en lire de longs
passages, le soir, devant elle, auprès de la haute
cheminée seigneuriale où les derniers tisons s'épar-
pillaient en nuées d'étincelles. Mélancolique passe-
temps, n'est-ce pas, pour une jeune fille qui ne
manquait pas de beauté, dans l'aristocratie de sa
taille élancée, blonde avec des yeux presque noirs,
interrogateurs sous l'ombre allongée de grands cils.
A quoi bon la décrire davantage, puisque tous les
trésors qu'elle portait en elle semblaient devoir être

À jamais perdus, le vidame n'ayant aucune fortune
et la mode étant surannée des princes Charmants
venant ravir, dans leur castel, les innocentes do
féeries.

Antoinette avait pour toute compagnie sa sœur
de lait, Germaine, une fraîche paysanne, non pas
une timide fleur d'églantier que le moindre souffle
effeuille, mais une belle cerise presque déjà mûre,
impertinente de fraîcheur, un fruit savoureux de
chair encore virginale et fait pour la tentation des
gourmets. Elle était tout entière dans l'éclat extraordinaire de ses yeux bleus, dans le sourire sensuel
de ses lèvres, dans la chaleur ambrée de son teint
où couraient des duvets de pêche, n'ayant rien des
pudeurs natives auxquelles Diane choisissait ses
nymphes, bien plutôt sœur des belles filles dont le
vieux Pan menait la ronde sous les ombrages olym-
piens. Et franche avec cela! Une petite sainte
Jeanne Bouche d'or. Elle assistait aussi quelquefois
aux savantes lectures du vidame, et son refrain
irrespectueux, mais éternel, était : — En v'là des
bêtises! Et l'excellent de Hallopay souriait, en
l'appelant péronnelle.

II

Par suite d'une mésalliance, notre Cadet-Bitard
était cousin d'Antoinette et venait faire au vidame

une révérencieuse visite de quelques jours, pendant
les vacances de l'École de Droit où il était alors, et
mieux apprécié des cafetiers mitoyens que de ses
maîtres. Pour se faire mieux venir du vieux parent,
qui lui pardonnait malaisément sa roture, il ne
manquait pas d'apporter à mademoiselle de la
Hallopay quelques-uns de ces oiseaux rares, coli-
bris ou micoucouliers, qu'elle préférait à nos moi-
neaux nationaux. Cette année-là, il se montra plus
généreux encore que de coutume. Sa cousine fut
dans un véritable ravissement. On entendit le
vidame soupirer : il y avait, dans ce garçon, du sang
de gentilhomme ! Seule, Germaine lui fit un assez
médiocre accueil, Germaine qu'il reluquait cependant avec d'affectueuses concupiscences dans le
regard.

— Et à moi, lui dit-elle d'un ton de reproche,
tout bas, vous ne m'apporterez donc jamais rien ?

Également, sans hausser le ton, mais avec un
sourire très fin, il lui répondit :

— Si fait ! je t'apporte le véritable oiseau de
paradis. Mais chut !

Comme elle murmurait : — Quand me le
donnerez-vous ?

— Demain matin, dans le bois, fit-il, un doigt
déjà posé sur la bouche.

— Et, s'il s'envole ?

— Ça, je te réponds que non.

L'approche d'Antoinette fit cesser l'aparté. Cadet
se mit à la regarder aussi d'un œil tout allumé de
jeunesse. Elle était exquise vraiment, la cousine,
dans son peignoir aux plis chastes comme ceux

d'une antique statue, les cheveux soigneusement
relevés, en belle masse d'or, au-dessus de la nuque.
Mais Germaine était terriblement tentante, et plus
encore, avec son jupon court qui laissait voir des
, chevilles très fines, et dans l'embroussaillement de
ses cheveux d'un fauve plus sombre, d'un jet bien
autrement révolté. Avec elle il se sentait plein de
toupet, tandis qu'une grande timidité lui venait du
regard limpide de sa cousine, fait d'une coulée
d'azur très sombre comme celui de la nuit.

Germaine, visiblement impatiente du lendemain,
jouait et sautait comme une enfant, ce pendant
qu'Antoinette, qui n'avait rien entendu, la groudait
très doucement, avec des enlacements affectueux de
bras autour des épaules.

Cadet regrettait vraiment, devant ce joli spectacle,
de n'avoir qu'un seul oiseau de paradis.

III

Le jour s'est passé dans le doux farniente campa-
gnard. Germaine cependant n'a guère paru et Antoinette en est presque inquiète. C'est avec un grand
rayonnement de gaîté qu'elle vient enfin, plus rose
encore que de coutume et avec une malice plus
grande dans les yeux légèrement battus. Je ne sais
quoi de triomphant et de satisfait est en elle. Elle
regarde Cadet, en dessous, sans badiner avec lui

comme la veille. Celui-ci prétexte la fatigue du
grand air pour s'aller coucher de bonne heure. Des
yeux tout mouillés de reconnaissance le suivent de
loin. Après quoi le vidame ouvre son fameux traité
d'histoire naturelle, Antoinette et Germaine étant
assises vis-à-vis de lui. Germaine a comme un sursaut en l'entendant lire la tête du chapitre : *L'oiseau
de Paradis.*

— Quel bonheur ! fait Antoinette.

Et le vidame, son auteur à la main, expose comment, avant les nobles travaux de Jean de Laët, de
Marggraff, de Clusius, de Wormius, de Boutins et
d'autres encore, l'oiseau de paradis avait été l'objet
des plus inconcevables préjugés, et avait vraiment
vécu à l'état de bête fabuleuse.

— On allait jusqu'à croire qu'il n'avait pas de
pieds ! fit avec dédain le gentilhomme.

— Et on avait raison ! interrompit gravement
Germaine.

Le vidame se contenta de hausser légèrement les
épaules et poursuivit :

— D'autres prétendaient qu'il portait deux œufs
sous ses ailes !

— Et c'est encore la vérité ! continua la petite
impertinente.

— Tais-toi donc, Germaine ! fit mademoiselle Antoinette.

— Je sais ce que je dis, riposta l'effrontée.

Toujours sans s'émouvoir, M. de la Hallopay lut
encore :

— Sa tête est d'un beau vert émeraude...

— Des bêtises ! s'écria Germaine.

8

— Il se cache sous les feuilles de bananiers...

— Sous les feuilles de vigne, vous voulez dire, Monsieur ?

Et, comme Antoinette allait protester encore contre ces intempesti es interruptions :

— On a lu sa Bible, Mademoiselle.

Tout au feu de sa lecture, et, sans se troubler, le vidame recommença par cette phrase :

— Il fait, quand on veut le mettre en cage, une résistance désespérée...

Pour le coup Germaine éclata si bruyamment de rire qu'elle comprit, elle-même, le mauvais goût de sa tenue et se sauva en courant.

— La petite sotte ! se contenta de dire l'excellent la Hallopay. On ne lui apprendra jamais rien.

IV

Peut-être changea-t-il d'avis quand, deux jours après, il trouva dans la chambre que Cadet-Bitard venait de quitter, le brouillon de ce sonnet oublié dans un coin de tiroir :

OISEAU DE PARADIS

Hôte des sommets interdits,
Des cieux chantant l'épithalame,
D'émeraude vivante flamme,
Tel les poètes l'ont jadis

Dépeint en vers ; mais moi je dis,
Dût ma prose un peu manquer d'âme,
Que ce n'est pas ainsi, Madame,
Qu'est fait l'oiseau de paradis.

Charmeur de vos heures moroses,
Ce n'est ni d'un buisson de roses,
Ni de la cime d'un roseau

Que, du fond de l'ombre, il vous guette,
Et le nid se nomme : braguette
Où niche ce divin oiseau !

Fi ! monsieur Cadet !

FANTAISIE MYTHOLOGIQUE

8.

FANTAISIE MYTHOLOGIQUE

Au magicien ès allégories
Charles Toché.

I

En ces temps-là notre abjecte race se formulait à peine dans les transformations darwiniennes des espèces ataviques, nos aïeux légitimes n'étant que des phoques rudimentaires ou de monstrueux gorilles, ce qui devint le spectre auguste de la femme n'étant qu'un chaos de formes indécises où

palpitaient des souffles inconscients. Mais la Nature
existait déjà dans sa virginité farouche de contemporaine des éléments, avec sa chevelure inculte
d'arbres, son beau vêtement de fleurs impolluées
les anneaux d'argent que la mer et les fleuves mettaient à sa ceinture et à ses bras nonchalants, couchée dans l'espace comme une endormie que berçait
la musique mystérieuse des cieux.

Elle n'était alors qu'un immense jardin, qu'un
paradisiaque parterre pour les Dieux qui s'y venaient reposer de leurs aériens voyages dans le parfum des roses et qui y promenaient leurs pas tranquilles, sans la décliner avec des charrues ou
l'émonder avec des faux comme a fait depuis la race
abjecte que nous sommes. C'était le temps des
amours olympiennes dont la Fable nous a gardé
l'immortel souvenir, le temps des caprices surhu-
mains où se complaisait l'espèce supérieure, arrivée
au progrès où les déclins commencent et qui devait
aire place à la nôtre. C'était la fin du siècle des
Dieux.

La terre ne leur était d'ailleurs qu'une oasis où
ils descendaient sur les ailes des cygnes ou dans le
crépitement des pluies d'or, pour regagner après les
zéniths immatériels, ne laissant derrière eux que de
lumineuses traces. Un seul avait été condamné, en
solennel conseil présidé par Jupiter lui-même, à ne
jamais remonter dans l'Olympe, où ses façons
débraillées, son manque de tenue, ses mœurs grossières avaient paru intolérables à tout le monde,
particulièrement à Minerve et à Junon, qui étaient
les bégueules de l'immortelle compagnie. Cet exilé

sur notre planète était le doux Pan qui avait fort
bien pris son parti de cet arrêt sévère, en poursui-
vant par les bois et le long des grèves les guenons
qui nous servaient de grand'mères, en compagnie
de son fils Crépitus, chassé des cieux comme lui, et
qui accompagnait ces chasses incongrues des mugis-
sements du cor naturel dont ses fesses envelop-
paient le pavillon. Ces monstrueuses tendresses du
père et cette musique effroyable du fils préludaient,
sur notre planète, aux horreurs de la guerre et à la
dépravation des mœurs. Et de cet emprisonnement
de Pan et de Crépitus sur la terre, mêlant leur
semence à nos origines, nous sont venus tous les
instincts bas, toutes les vilenies dont le type de
l'homme est encore déshonoré.

Mais quittons ce coin décrié du grand tout pour
affronter la gloire des sphères où il n'est qu'un
atome perdu. En ce temps-là les astres ne se con-
tentaient pas d'être des points lumineux dans
l'espace nocturne. Les dieux qui les animaient de
leur âme y apparaissaient dans leur forme sublime,
Jupiter assis sur son trône de foudres, Vénus
moelleusement étendue sur son lit de roses, Mer-
cure élevant gracieusement dans l'air son caducée,
tout ce qui n'est plus maintenant pour nous que
des étoiles trouant la mystérieuse immensité. Et ce
que nous appelons la Lune, donc! Diane, elle-
même, dans la transparente blancheur de son corps
virginal, un arc en pierreries au front, accomplis-
sait sa course devant l'extase des mondes age-
nouillés, les constellations se pressant autour d'elle
en un chœur de nymphes visibles s'enlaçant dans

de mystiques caresses. Et c'était partout, sur son passage, un recueillement des souffles tout chargés de l'âme des fleurs, un épanouissement des désirs délicieusement inutiles dans tous les êtres, une ferveur de tout ce qui respire aux pieds de son aérienne image. Et les heures de sa promenade étaient religieuses entre toutes, le spectacle que donnait le ciel étant le plus sublime que le rêve ait jamais conçu.

Comment de cette apparition magnifique ne nous reste-il, depuis que les siècles nous mènent comme un vil troupeau, qu'un disque uniforme où les banquiers font d'imaginaires trous, une façon de fromage blanc pendu au bec d'un corbeau invisible, une boîte à volcans éteints au dire des astronomes, avec, alentour, un fourmillement d'étincelles, au lieu de cette théorie d'immortelles s'ébattant dans une apothéose d'azur? Ah! c'est une lamentable histoire et que je veux vous conter cependant.

II

Cette nuit-là était comme bercée par un bruit plus doux de la mer poussant rythmiquement, sur les sables, sa moisson éternelle de palmes d'argent, caressée de souffles particulièrement voluptueux et pénétrants par l'haleine des roses mourantes, pleine de frémissements obscurs et de mystérieuses extases

montant des cimes baignées d'ombre, des moissons
ondulantes, des plantes marines aux aromes aiguil-
lonnants, une nuit d'été où les dernières tiédeurs
du jour s'étaient comme attardées. La nature était,
comme au début d'un bal, toute vibrante de musiques
prêtes à ouvrir leurs ailes sonores. Diane, qui a ses
moments de coquetterie, avait résolu d'y inaugurer
une nouvelle toilette. Oh! rassurez-vous! Il n'est
pas question, pour elle, d'envelopper de voiles son
corps immaculé, mais seulement d'essayer un dia-
dème neuf dans sa belle chevelure blonde. Toutes les
étoiles, ses nymphes, avaient imaginé aussi quelque
détail charmant à leur rudimentaire costume; celle-
ci une luciole à chaque oreille, celle-là un scara-
bée d'azur dans son chignon. Toutes ces demoiselles, à l'instar de leur céleste guide, avaient résolu
d'aller prendre un bain dans l'étang de Saint-Cucufa
qui était renommé, dès ce temps-là, pour la frai-
cheur de ses ondes et la beauté de ses rives. A peine
Phœbus, qui se donnait alors la peine de compa-
raître, en personne, dans le soleil, un javelot à la
main dont il tourmentait la croupe de ses chevaux
aux naseaux soufflant des flammes, avait-il plongé
son fumant attelage et lui-même dans les flots em-
brasés de la mer, que dans le ciel soudain pâle, puis
se teignant d'un bleu plus profond de lapis, le noble
cortège apparut, porté par d'invisibles ailes, Diane,
au milieu de ses compagnes, majestueuse, douce et
glorieusement nue avec un étincellement sur le
front. Par sa route ordinaire elle vola lentement,
illuminant l'espace, semant des extases éperdues
dans l'infini. Jusqu'à elle s'essoufflait le bourdonne-

ment des phalènes, montait le murmure amoureux
des peupliers, s'ouvraient les yeux d'or des oiseaux
de nuit et des chattes en folie.

On eût dit qu'elle voguait sur une mer au caprice
d'un vent très doux qui faisait flotter sa chevelure ;
quelques vapeurs à peine avaient, derrière elle,
comme un frisson de voiles que la brise gonfle à
peine. Aussi se rapprochait-elle doucement de la
terre, ses nymphes s'écartant avec respect pour que,
la première, elle en foulât le gazon tout semé de
roses.

III

Or, pendant que la Déesse évoluait ainsi en plein
azur, devant le recueillement attendri des choses,
son émoi augmentant à mesure que cette image se
faisait plus distincte, et comme tangible par le rap-
prochement, Pan, toujours rôdant par les bois, les
flancs tourmentés de désirs, la lèvre luisante et pendante, hirsute comme un bouc sous sa toison cres-
pelée, Pan s'arrêta et se dirigea vers le point du
paysage où il lui semblait que Diane dût descendre,
son céleste voyage accompli. En doublant la vision
qui l'affolait, les eaux tranquilles du lac, où se
reflétait, en dessous, le corps adorable de l'Immortelle, accrurent son impatiente audace. Il se blottit,
furtif, parmi les roseaux, entre les larges feuilles

des nénuphars à demi fermés, comme des rideaux,
sur les libellules endormies, et, d'un geste impérieux, il imposa silence à son fils Crépitus qui s'a-
musait stupidement à tuer des hannetons au vol en
fourrant des petits pois dans sa sarbacane naturelle.
La solennité du silence s'accrut donc encore, à mesure que l'apparition se faisait plus prochaine, le
pied d'argent vivant de Diane rejoignant presque le
tremblotement de sa propre image à la surface de
l'étang, tandis que les joncs s'inclinaient, pour ne
les pas blesser d'une caresse.

Un grand cerf s'en vint, avec une curiosité joyeuse,
assister aux événements, le cou tendu, une forêt sur
le front. C'était Actéon qui n'était, comme vous le
savez, qu'un singe, puisque l'homme n'existait pas
encore, Actéon ravi de voir un autre châtié comme
lui.

Toute seule, par l'éloignement respectueux de ses
nymphes, Diane posa enfin son orteil enchâssé d'un
corail rose sur une fleur de nénuphar qui n'en fut
même pas ployée. Mais c'était simplement pour se
donner un élan et piquer une tête dans la fraîcheur
transparente du lac. Au moment où elle se penchait
en avant, les bras tendus et les mains jointes, pour
effectuer cette gymnastique, deux mains lourdes et
frémissantes se posèrent sur son auguste séant :

— Diane, je t'aime ! soupirait une voix pareille au
mugissement d'un taureau.

Le jeune Crépitus, dont la puberté frissonnait
aussi pour la première fois, exhala en même temps
son émotion par une pétarade mal contenue.

Mais déjà la chaste Déesse s'était retournée avec

9

des éclairs formidables dans les yeux. Superbe, elle
laissa tomber ces mots, avec un mépris souverain
dans l'accent :

— Ah ! ce n'est que toi, Pan !

Le misérable était à genoux.

— Pour la dernière fois, continua-t-elle, impitoyable, contemple mon visage, car tu ne verras
plus que mon derrière désormais !

La nature tout entière, atterrée, poussa vers l'Immortelle une protestation désespérée. Mais Diane
fut inflexible. L'auguste vision avait, pour jamais,
disparu, et c'est depuis ce temps, les étoiles n'étant
plus que la pointe d'or menaçante des flèches de ses
nymphes dans l'azur, que la lune nous apparaît sous
la forme d'un simple fessier vers lequel se tend le
désir inutile des hommes où grouille encore l'âme
obscène du dieu Pan. Et quand Crépitus se met de
la partie, ironiquement, l'image s'enveloppe de
petites fumées qui semblent en sortir, et l'écho
répète, dans un lointain qui s'éloigne :

— Pan ! Pan ! Pan !

LE PROVERBE

LE PROVERBE

I

Un coin de paradis bourgeois dans le recueillement d'un quartier silencieux, du côté ensoleillé
de l'Ile Saint-Louis que je recommande à ceux que
Baudelaire appelait : les amoureux fervents. J'ai
goûté là de belles heures de jeunesse derrière des
fenêtres toutes fleuries de clématites et de gobéas,
prolongeant les nuits fort avant dans le jour, avec
des sommeils à deux — délicieuses lassitudes du plaisir — que berçait le bruit monotone du fleuve et le
lourd bruit d'ailes des pigeons familiers. Cette joie

tranquille était celle du ménage Bizeminet, dont
nous surprenons l'idylle méridienne, autour de la
table à demi desservie et où, des tasses de café seulement, monte une imperceptible buée. Hermance
est ravie. En lui allant quérir, le matin même, un
des derniers bouquets de chrysanthèmes de la saison, Georges a composé, par le chemin, un petit
douzain tout à fait galant, en manière d'offrande et
qu'il vient de lui lire. Le voici :

> L'âme des calices défunts,
> Que berce un souffle monotone,
> Ne met que de furtifs parfums
> Au cœur mouillé des fleurs d'automne.

> Avec ses rameaux toujours verts,
> Jusqu'au printemps le chrysanthème
> Dira, par delà les hivers,
> L'amour éternel dont je t'aime.

> Et quand enfin l'effeuillera
> De mars la perfide caresse,
> Dans l'azur il emportera
> Le long secret de ma tendresse!

Chaque hémistiche avait été payé au moins de
vingt baisers. Oh! l'aimable tableau que celui de
ces amours légitimes et fidèles! J'en aurais cependant volontiers mis Georges à la porte pour ne contempler qu'Hermance dans l'abandon exquis de sa
toilette, voluptueusement modelée, dans ses contours, par un peignoir très léger, malgré qu'on fût en
hiver, car il faisait une chaleur très douce dans la
chambre, une chaleur où flottait encore le parfum

vivant des caresses. Elle était à demi renversée dans
son large fauteuil, sous l'embroussaillement de sa
belle chevelure dénouée, le cou légèrement penché
en avant comme celui de la Pénélope, une jambe
croisée sur l'autre, faisant saillir le mollet de celle-ci
au genou de celle-là, et tout était tentation dans ce
corps souple et rondelet tout ensemble, bénéolent
et comme constellé d'épidermiques attirances,
chantant, par tous les pores, l'hymen glorieux de la
chair. Mais il paraît que Georges avait dit déjà
l'*Amen* de ses matines prolongées. Car il était loin
de se ruer à l'assaut de toutes ces joies frémissantes.
Il en était visiblement à la période méditative dont
la sagesse antique a dit : *Omne animal triste, præter
gallum*, à quoi la gauloiserie de nos aïeux ajoutait :
Vel monacum gratis fornicantem. Mais ses yeux
étaient pleins de la reconnaissance des délices passées ; le papillon du baiser battait sur ses lèvres le
dernier battement de ses ailes. Il s'était assis devant
Hermance et poussa tout d'un coup un formidable :

— Sacristi ! j'ai cassé ma pipe.

Une admirable pipe qu'elle lui avait donnée et
qui roulait, en effet, en morceaux, de ses doigts, un
de ces trésors dont le calice s'épanouit en blancheur
laiteuse, tandis que le fond a les couleurs chaudes
et brunes et luisantes d'un marron sortant de son
hirsute étui. C'est là malheur dont les vrais fu-
meurs ressentiront seuls l'étendue. Il fit une mine
tout à fait décontenancée.

— Prends garde qu'il ne t'arrive rien autre chose
cette après-midi ! lui dit Hermance, compatissant
à sa peine.

— Pourquoi cette fâcheuse idée ? lui demanda-
t-il.

— Parce qu'il te faudrait un troisième ennui
pour finir ta journée. Tu sais bien le proverbe des
bonnes gens.qui sont volontiers superstitieux en
matière de malheurs : *Jamais deux sans trois.*

— Voilà un adage qui eût été concluant pour
Abélard — le premier des hommes exécutés à la
Bourse ! répliqua Georges, voulant ramener la
bonne humeur.

Il fallait d'ailleurs qu'il partît dans un instant.
Un notaire l'attendait. maître Filou-Cervier, pour
une affaire de la plus grande importance. L'adieu
fut fait d'une seule rencontre des lèvres, mais si
longue qu'on entendit plusieurs fois le balancier
du joli coucou pendu à la muraille, devant qu'elles
se fussent séparées. Il dînait chez une vieille tante.
On ne se reverrait que le soir.

II

Il n'y avait, je dois le dire, aucun panonceau à
la porte sous laquelle s'engloutit Georges, une
demi-heure après environ, dans un quartier assez
lointain du sien, où les notaires, de jolis farceurs
aujourd'hui, viennent plus volontiers faire des fo-
lies que passer des actes, à l'intersection des rues
joyeuses qui couvrent le versant oriental de la col-

line Aventine de Montmartre. C'est qu'en réalité,
ce n'était pas du tout un notaire qu'allait visiter
M. Bizeminet, mais bien une ancienne amie à lui,
qui lui devait donner quelques heures de souvenir.
Beaucoup ne croient pas tromper leurs femmes en
revoyant leurs anciennes maîtresses. Cet hommage
au passé est, au contraire, une affirmation de leur
fidélité naturelle, et bien faite pour rassurer l'avenir. C'est très logique et ingénieux, mais vous n'a-
vez qu'à faire ce petit raisonnement-là aux femmes
pour recevoir une bonne paire de soufflets. Et cependant Hermance aurait eu tort d'être jalouse. Ce
n'était pas les restes d'un feu qui s'éteint qu'il apportait à cet autel délaissé. On l'eût interrogé à
fond qu'il eût avoué obéir plutôt à un vague sentiment de politesse qu'à un entraînement véritable
des sens ressuscités.

On l'attendait certainement, puisque la porte de
l'appartement était demeurée entr'ouverte. Il con-
naissait les êtres et résolut de se présenter avec
quelque fantaisie. Se faufilant donc, sans faire de
bruit, dans le cabinet de toilette mitoyen avec la
chambre à coucher d'Ariadne — ainsi se devraient
nommer toutes les maîtresses abandonnées, en souvenir de la tant poétique et fabuleuse image de la
Sapho de Naxos, — il commença de se dévêtir pres-
tement pour faire irruption à la façon d'Adam pour-
suivant Ève sous les paradisiaques ombrages. Puis
l'idée d'une entrée comique, comme celle des
clowns, lui passa par l'esprit. Il se fit un turban
avec une paire de bas de soie ramassée sur le tapis,
passa à rebours une veste de loutre trouvée sur un

9.

canapé, se fit une queue de coq avec un plumeau,
et poussa la porte, en même temps qu'un cocorico !
formidable.

Un vigoureux coup de poing lui fit rentrer cette
aubade intempestive dans le gosier. Madame n'était
pas seule. Elle avait bien confié à sa bonne le soin
d'en prévenir Georges ; mais celle-ci était allée faire
une commission, en laissant la porte entre-bâillée.
Le possesseur en titre ne plaisantait pas. Bien que
Brésilien, il était fort comme un Turc. Il vous em-
poigna le malheureux Georges par le bout du plumeau qu'il avait eu l'imprudence de s'attacher solidement entre les jambes, et commença de lui admi-
nistrer une dégelée de coups de pied dans le
croupion, laquelle le reconduisit jusqu'en bas de
l'escalier, d'où il roula dans la rue. Madame eut
heureusement le bon esprit de lui jeter, pendant
ce temps-là, ses effets par la fenêtre, ce qui lui per-
mit de se rhabiller dans un fiacre. Il était ahuri,
comateux, et dans ses oreilles bourdonnait, comme
une mouche impertinente, le proverbe qu'Hermance lui avait dit en partant : *Jamais deux sans
trois !*

— La voiture versera certainement, pensa-t-il. Et
il en descendit, pour achever à pied le chemin, décidé à rentrer immédiatement chez lui. Car là seulement, dans cet asile béni, il se croirait à l'abri
des coups de la destinée.

En chemin il rencontra notre Cadet-Bitard qui
flânait, selon sa coutume, et qui se divertit fort, *in
petto*, de sa mésaventure qu'il lui raconta.

— Enfin, me voilà chez moi sans encombre.

Adieu ! fit-il, à la porte, avec un soupir de soulagement.

III

Cadet-Bitard, qui n'est jamais pressé, ayant eu d'ailleurs, comme tous les gens sensés, ses amours de l'Ile Saint-Louis, demeura quelque temps sur le quai, à la même place, regardant couler l'eau où semblait flotter l'aile brisée de ses souvenirs. Peu labourée de bateaux en cet endroit, la Seine avait des placidités de lac, où s'enfonçaient, comme des tire-bouchons de feu, les reflets des premiers becs de gaz. Aussi se laissait-il pénétrer de rêverie dans ce crépuscule mouillé des soirs d'hiver toujours trop tôt venus, le bruit sourd des fiacres sur le pavé gras lui venant seulement de l'autre rive, quand une étreinte désespérée le saisit par derrière, celle d'un homme qui sanglotait et qui hurlait.

Se retournant vivement, il reçut dans ses bras Georges qui criait : Ah ! mon ami ! mon ami ! Elle ! Elle ! Elle !

Le malheureux se laissa entraîner sans résistance par Cadet qu'épouvantait son désespoir et qui ne le voulait pas laisser en spectacle aux badauds. Un peu plus loin seulement, par mots entrecoupés, Georges lui fit comprendre qu'il avait trouvé sa femme — laquelle ne l'attendait que le soir — en

conversation criminelle avec le propriétaire. Perfide Hermance ! Ce cri seul sortait de sa poitrine
déchirée. Il ajouta cependant, se rappelant encore
le damné proverbe :

— Elle avait raison !

— Ça, non ! tu vas trop loin ! lui dit Cadet-Bitard,
ne comprenant pas et surpris de cet excès d'indul-
gence.

Puis, après un moment de silence, il reprit avec
fermeté :

— Eh bien, oui ! Elle avait raison.

— *Jamais deux sans trois !* murmura Georges,
d'une voix éteinte.

— C'est, en effet, la devise du mariage, lui répondit Cadet-Bitard.

P. S. — Et le sonnet composé, à cette occasion,
par Cadet-Bitard, que j'allais oublier !

SAINTE TRINITÉ

Manants, gentilshommes et rois,
Gens opulents, gueux sans fortune,
Subissent la règle commune
En hymen : Jamais deux sans trois !

Tant pis pour les esprits étroits
Que cette loi sage importune !
Au lit, sans différence aucune,
Époux. amants ont même droits.

Les victimes de l'adultère
Auraient grand raison de se taire :
C'est Dieu seul qui fit, en effet,

— Apprends-le, jaloux qui soupçonnes, —
Le mariage en trois personnes,
Le voulant, comme lui, parfait!

GREFFE HUMAINE

GREFFE HUMAINE

I

Dans son fauteuil confortable aux oreillettes de velours, sur de moelleux coussins persans, un peu renversé en arrière et une jambe étendue sur une chaise, en avant, le joli docteur Leroy Desfessier est plutôt couché qu'assis et cause, une cigarette aux lèvres, avec notre précieux Cadet-Bitard, ce rosier du jardin de la pudeur. Tout le monde connaît cet aimable médecin, — c'est le docteur que j'entends dire, — si Parisien, si fin de siècle, bouffi et rose comme un amour de Boucher, tout ramassé dans sa personne potelée, semblant un ortolan énorme et éveillant, dans les esprits les moins anthropophages, un appétit de chair délicate et blanche, l'impression d'un manger savoureux avec quelques truffes piquées çà et là dans les savoureuses épaisseurs. Jovial, avec cela, et très apprécié des dames pour l'enjouement de ses façons, même dans l'exercice de son austère métier. On causait d'un sujet tout à fait neuf, le mariage.

— Moi, disait Cadet-Bitard, je pense du mariage comme du suffrage universel et du veau. Je n'en use pas parce que je ne les aime pas. Mais je ne suis pas pour en nier les vertus. Au suffrage universel je reconnais qu'il venge la bêtise des prétentions surannées de l'esprit; au mariage qu'il est une ressource admirable aux filous à qui il permet de faire passer aux mains inviolables de leurs femmes la garantie de leurs créanciers; et au veau qu'il rafraîchit les entrailles enflammées; mais n'étant, de nature, ni un imbécile, ni un voleur, ni un constipé, je n'en éprouve aucun besoin.

— Aïe ! fit le docteur en se retournant à demi péniblement.

— Est-ce mon raisonnement qui vous blesse ? demanda ingénument Cadet-Bitard.

— Non ! C'est un pli de ma culotte. Pardonnez. Depuis cette belle opération...

— Qui rendit à la charmante comtesse Bertrade de Mousy l'intégrité de son épiderme lilial...

— Bien que le mien ait repoussé aux endroits mis
à nu pour réparer le duvet velouté de son délicieux
museau, les places dépouillées sont demeurées extrê-
mement sensibles et l'humidité du temps m'y fait
passer de vagues rhumatismes superficiels dont je
souffre, ou bien le froid y plante comme d'invisibles
flèches de givre qui me picotent furieusement.

— Qui n'aimerait supporter quelque douleur pour
une aussi noble cause que celle du visage endom-
magé de la comtesse ? Je suis sûr, docteur, que sa
reconnaissance vous paye amplement...

— C'est ce qui vous trompe, Cadet, et vous ne
connaissez pas les femmes. En me pelurant la fesse
pour lui conserver sa beauté, je me suis fait de la
comtesse une irréconciliable ennemie !

— Auriez-vous eu, mon cher Desfessier, une distraction fâcheuse pendant l'opération ?

— Ne riez pas, mon doux Bitard. J'ai l'âme plus
malade encore que le derrière, et ma mélancolie
est plus haut que la vaine ceinture de mon pantalon.

En prononçant ces graves paroles, le médecin
posa une main sur son cœur et Cadet, sentant qu'il
avait affaire à une de ces douleurs profondes qu'on
ne plaisante pas, prit l'air contrit d'un apothicaire
trouvant porte close devant le bout facétieux de son
moliéresque instrument.

— C'est un roman sombre et tout à fait psycho-
logique, dans la manière de nos jeunes Schopen-
hauériens, continua, après un moment de silence,
l'homme scalpé par la base, et je veux bien vous le
conter, Bitard, à vous seul, parce qu'aucune des

beautés de cette école documentaire, aux analyses
profondes, écrite avec le scalpel, ne vous a échappé
jamais...

— Dans mes sonnets surtout, pensa Cadet.

Et, accentuant encore son air de matassin désap-
pointé, il prit son menton dans sa main pour
affirmer l'intensité de son attention.

II

— Vous ne saviez pas, peut-être, que j'aimais
cette adorable comtesse avant que le hasard, cette
providence des amants, me permît de lui rendre le
service familier dont je suis si mal payé ! Sa sœur,
mademoiselle Antoinette de Mousy, m'avait charmé
d'abord par ses façons de grande dame, l'éclat ma-
gnétique et félin de son regard, la blancheur mar-
moréenne de son front coupé en cœur par deux noirs
bandeaux. Mais sa nature capricieuse et quelque
peu sauvage m'avait fait reporter sur Bertrade,
semblant infiniment plus douce et non moins belle,
une affection pleine de désirs et de bien vagues
espérances. Car c'est pour le bon motif que j'étais
épris, et l'alliance avec une famille de si réelle
noblesse n'était peut-être, de ma part, qu'un rêve
prétentieux. Sage ou non, je me laissais aller à ces
délicieuses faiblesses de l'amour qui en sont déjà,
par leur douceur, le premier salaire. Je me perdais

dans de voluptueuses imaginations, me remémorant, dans la solitude, les grâces que j'avais contemplées et les faisant, en songe, clémentes à mes vœux. Tous ces trésors qui m'étaient apparus, dans le tourbillon indifférent du monde, belle chevelure de nuit où les fleurs semblaient des étoiles, neigeuses épaules dont la valse emportait les frissonnantes blancheurs de collines sous l'aube dorée, lèvres dont le sourire était comme un défi au baiser, seins palpitants, à peine entrevus dans la déchirure du corsage, formes divines et pressenties dans leur splendeur, sous le mensonge des robes légères, tous ces biens qui mettaient, en moi, la soif de vingt Tantales, je les rêvais mieux dans de délicieuses minutes de folie, et de ces bonheurs faux je tombais dans d'indicibles mélancolies.

Près de Bertrade, mon tourment était d'autre nature. Comme un amant vraiment épris, j'étais d'une timidité qui me privait de tout moyen persuasif. J'avais comme peur d'elle. Je tremblais quand elle m'effleurait, comme une feuille au vent. C'était ridicule et très doux encore. L'idée que je respirais le même air qu'elle, que c'était sa main que j'avais posée tout à l'heure sur mon bras, que c'était une boucle de ses cheveux qui m'avait frôlé au visage, m'emplissait de religieuse terreur. Je n'eusse jamais, devant elle, osé concevoir que son beau visage touchât le mien, même dans le caprice le plus innocent. Vous voyez, mon cher Cadet, si j'étais pour m'attendre aux faveurs bien autrement intimes que m'allait accorder le destin.

— La fatalité met son nez partout, remarqua phi-

losophiquement Cadet-Bitard, et quelquefois même
le nez des autres.

III

— Je ne vous rappellerai pas le terrible accident
dont Bertrade fut victime, au moment même où je
passais, en vertu de cette fatalité dont vous parliez
tout à l'heure. Un épicier maladroit, en fermant sa
devanture, lui prit le bout du nez entre deux volets
et le meurtrit effroyablement. On en retira une
façon de pompon sanguinolent, n'ayant plus aucune
forme nasale. La comtesse était à jamais défigurée,
si la science, jardinière féconde aujourd'hui armée
de la greffe animale, ne resserrait les chairs dans un
tissu nouveau, emprunté aux parties les plus lisses
et les mieux semblables, par le grain délicat de la
peau, au visage — d'un voisin. Ah ! la proposition
fut difficile à faire ; mais j'osai, et la terreur de devenir laide la fit accepter, de la comtesse, avec une
égoïste et docile joie. La réalité montait plus haut
que le ciel même de mes rêves.

Car vous savez, Bitard, que cette greffe merveilleuse ne réussit qu'autant que le contact entre
Marsyas et celui qui le répare, qui renfloue de sa
propre substance, est d'une certaine durée. Alors
commença, entre la belle comtesse et moi, une
intimité prolongée, de nature très particulière,

et dont pas une minute ne sortira maintenant de ma
mémoire. N'avoir osé souhaiter, dans ses songes les
plus ambitieux, de toucher, du bout des doigts, le
bas de la robe d'une femme, et la sentir là, penchée
sur vous, le nez piqué dans votre chair frémissante,
caressant de son souffle ce que vous n'auriez jamais
eu l'audace de lui montrer, et n'oser lui répondre,
comme causent entre eux les zéphyrs ! O silences
éloquents, mystérieux, profonds! C'est mon élève
favori, mon ancien interne, Fulbert Andouillet, qui
dirigeait le rentoilage. Mais parfois je l'éloignais,
sentant des aveux me venir aux lèvres et n'osant
leur donner leur envolée. Ah! que les poètes épui-
sent, dans leur voluptueux missel, les litanies
saintes des caresses ! C'est la science, la science
seule qui a trouvé celle-là. Les baisers furieux, les
étreintes folles, autant de simples enfantillages
auprès de ces pénétrantes tendresses de cette union
délicieusement monstrueuse, de cet hymen des
chairs s'allant rejoindre, d'un pôle à l'autre, comme
dans un effondrement de l'univers! L'âme de la
création renouvelée, le vent vivifiant d'un Jéhovah
reprenant son œuvre, le *Fiat lux !* ressuscité et
clamant dans les espaces, voilà ce que je sentais,
ce que j'entendais en moi, pendant ces commu-
nions obscures du plus joli petit nez du monde avec
mon bénévole et réparateur individu. Ignore la
volupté, qui n'a connu ces heures éperdues ! Elle
causait, la mignonne! Elle causait, en parlant un
peu du nez, mais ce n'en était que plus délicieux.
La gaieté lui étant revenue, par la certitude de la
guérison, elle me contait les petits potins du monde

à l'oreille... et à quelle oreille, bon Dieu ! Le su-
surrement de sa voix me faisait vibrer comme une
harpe éolienne ; mais je gardais, en moi, la musique
de mon âme. Cadet, Cadet, je vous souhaite de
connaître un jour...

— Vous pouvez compter, mon cher docteur, que
si jamais mon domestique me prend le nez dans une
porte, c'est à vous...

— Merci ! répondit sèchement le docteur Leroy
Desfessier.

IV

Mais le charme du souvenir dominant en lui toute
autre impression, il reprit bientôt :

— J'avoue que je croyais avoir touché le cœur de
la comtesse par la discrétion même. Je ne parle pas
du succès de l'opération qui avait été complet. Car
tout le monde lui disait qu'elle avait le nez encore
plus joli qu'avant.

— Eh bien, alors?

— Ah ! mon cher Cadet ! Mystérieuses trahisons
de la science ! Système compensateur d'Azaïs repa-
raissant en toute occasion ! Puissance obscure de la
peau, cette chose insensible et indifférente, en
apparence, dont un jeune romancier contemporain
a fait le secret levain des durables amours ! Résultat
que nous étions bien éloignés de prévoir et qui me

vaut la rancune éternelle de celle que j'adore.
Quand elle éternue ou quand elle se mouche, maintenant...

— Eh bien ?

— Son joli nez fait un bruit de trompette qui ne
semble pas sortir d'un nez !

— Voilà qui vaut bien un sonnet, pensa Cadet-
Bitard, et il le fit sur le quai, incontinent, — comme
toujours — après avoir serré, par trois fois, la main
du pauvre docteur Leroy Desfessier :

VŒUX MODESTES

J'en conviens, j'ai rêvé souvent
De la chambre de parfums pleine
Où vous reposez, Madeleine,
Seins nus et les cheveux au vent ;

Que votre pitié m'élevant
Jusqu'à vous, fière châtelaine,
Nos boucles, mêlant leur haleine,
Savouraient un baiser savant.

Dans mes plus ardentes ivresses,
Jamais plus loin que ces caresses
Ne sont montés mes rêves fous.

Pourtant, s'il vous plaisait, douairière,
Mettre le nez à mon derrière,
J'en ferais bien autant pour vous !

— Pas dégoûté, Cadet, mon garçon !

LA BELLE CHARCUTIÈRE

I

Rabelais commence ainsi une de ses fables immortelles : « Au temps que les bêtes parlaient — et ce n'est pas d'hier... » Le conte que je veux vous conter n'est pas d'hier non plus, bien que les bêtes y parlassent peut-être moins qu'aujourd'hui, les douceurs de la politique étant moins à la portée de tout le monde. Il est du temps où Honoré Bitard,

10.

grand-oncle paternel de notre précieux Cadet-Bitard
qui, par un fait singulier d'atavisme, lui ressemble
de toute façon, était amoureux de la dame Pécourtois, charcutière de son état, ayant son officine à
boudins, jambons et hures, rue du Bac, non loin de
la Seine, et dont le mari était bien un des imbéciles
le plus jaloux qu'on ait pu rencontrer jamais.

Non pas, au moins, que ce bélître, maudit du doux
saint Antoine, eût tort de tenir en grande estime
le légitime trésor que lui avait alloué le Destin. Car
ce n'est pas une médiocre richesse que de beaux et
fermes nénés, une taille souple dans sa rondeur et
un pétard jumellement copieux, comme madame
Pécourtois avait ces choses, sans préjudice d'un
teint délicieusement rosé, mais à peine, comme un
matin d'avril, d'une chevelure châtaine où couraient
d'admirables tons de cuivre et d'or, d'une bouche
dont le sourire ne semblait que l'amorce d'un baiser.
Mais ce sont biens dont un homme sensé ne se croira
pas volontiers l'unique propriétaire. Car le Destin,
qui n'a pas attendu la proclamation solennelle des
Droits de l'homme pour être démocrate, entend que
la beauté des femmes, comme la chaleur et la clarté
du soleil, soient à tout le monde, et ce n'est pas pour
le plaisir d'un simple saucissonnier que la Nature
s'escrime à formuler de telles grâces où revivent
celles des déesses d'antan.

En attendant que son tour de cocuage fût venu,
ce Pécourtois faisait bonne garde et, en particulier,
se méfiait d'Honoré Bitard qui, jardinier prodigue de
soi-même, avait fort ensemencé de sa graine de pail-
lard tout le quartier. Et quand ledit Honoré, pour

glisser quelque mot d'amour à la belle charcutière,
s'en venait acheter quelques menues cochonneries,
il ne manquait pas de darder sur lui deux petits
yeux pointus comme la lame du grand couteau dont
il égorgeait ses victimes. Si bien qu'Honoré, qui
n'était pas plus brave qu'il ne convient, se sentait,
non pas chair de poule, comme on dit, mais bien
chair de porc dont on va ouvrir la gorge. C'était au
point que, deux ou trois fois, il sortit en oubliant de
payer, tant était grande sa précipitation d'échapper
à ce terrible regard. Cette distraction n'était pas
pour augmenter, en sa faveur, la sympathie du
charcutier, qui n'était pas moins avare qu'égoïste
en amour.

Donc, le plus souvent, Honoré Bitard, qui avait
conscience du mauvais sentiment qu'il inspirait, se
contentait de demeurer en contemplation véhémente
devant la vitrine, plein de concupiscences, ne pouvant glisser que de furtives œillades derrière les
montagnes de jambons et entre les saucissons sus-
pendus, jusqu'au trône glorieux où madame Pécourtois siégeait, presque au fond de la boutique,
dans une pénombre augmentant encore la poésie
de ce savoureux décor. Et de gros soupirs lui gon-
flaient alors la poitrine, qu'un si admirable trésor
ne fût sien, — la nuit seulement, dans le reliquaire
d'un bon lit et dans l'encens tiède des caresses.

Et, dans son esprit, qui était fertile cependant en
stratagèmes, il cherchait, sans cesse, comment il
pourrait faire sortir ce maudit Pécourtois de son
antre, pour se trouver seul un instant avec sa
femme, laquelle lui paraissait infiniment mieux dis-

posée que lui pour sa personne. Car elle était
coquette, la grosse dame, et, de plus, s'ennuyait
infiniment dans son monotone commerce, n'ayant
de distraction que le passage des uniformes, quand
les officiers sortaient de la caserne voisine, sur le
quai, à l'heure du déjeuner.

II

Le hasard qui protège les amoureux, et que les
impies, seuls, osent appeler Providence, devait se
manifester enfin à Honoré Bitard sous les traits d'un
sien cousin, originaire comme lui du Berry, où il y
a de si belles filles, et qui lui débarqua un beau
matin, venant, pour la première fois, à Paris. Ce
cousin, qui avait nom Onésime Bitard, était d'une
naïveté fort grande et, dans leur commune enfance
au pays, sous les belles saulaies qui s'éplorent au-
dessus des flots d'argent de la Creuse, Honoré avait
goûté des joies infinies à le mystifier en toute occasion. Mais l'autre ne lui en avait pas tenu rancune
et ne soupçonnait pas un seul instant, qu'à vingt
ans de distance, son proche eût l'intention de con-
tinuer, à Paris, le cours de cette économique distraction. A vrai dire, Honoré le reçut avec une joie
sincère, toute diversion lui étant bonne, même
l'intempestive venue d'un provincial ridicule, pour
le distraire du méchant amour dont il était si fort

tourmenté. Et commença-t-il de le promener, en
tous sens, par la grande ville, ne lui épargnant aucune de ses curiosités et aucune de ses fatigues. Le
malheureux Onésime rentrait, à la maison, rompu
tous les soirs. Car on ne se doute guère que, même
les gens accoutumés, à la campagne, aux plus durs
travaux, en ont vite assez de nos pavés, de notre
brouhaha et de nos veilles. Au bout de la première
huitaine, le pauvre homme eût volontiers regagné
ses belles prairies où les crocus ouvrent en tous
sens leurs vénéneux et délicats calices, où sur la
pierre luisante qui borde les ruisseaux la vipère
dort au soleil, où l'on citait encore des loups dans
les forêts voisines; mais où, du moins, on n'avait ni
les pieds écrasés par les voisins, ni les oreilles aba-
sourdies par le roulement des fiacres. Honoré, qui
avait absolument juré de se divertir jusqu'à l'oubli
de sa folle tendresse, n'entendait pas la chose ainsi,
et férocement il retenait son cousin, l'accablant de
sournoises attentions et d'hypocrites tendresses. Il
ne voulait pas que cette tête de Turc lui échappât
avant que son propre poingt fût fatigué. Chaque jour
c'était une invention nouvelle pour divertir Onésime malgré lui, et celui-ci eût bien donné la moitié
de sa vendange, à laquelle il tenait cependant beaucoup, pour avoir le droit de s'ennuyer un peu.

En ce temps-là, un peu plus haut que la boutique
de madame Pécourtois, mais du même côté de la
rue, était l'hôtel aujourd'hui démoli du fameux tré-
sorier général Samuel Bernard, dont mon ami
Victor de Swarte a si savamment décrit les richesses
dans son livre sur *Les Financiers amateurs d'art*.

Les plus beaux tableaux, les plus précieuses collections y étaient entassés, et volontiers le maître, qui était fastueux, en permettait la visite à ceux qui lui étaient recommandés. Honoré Bitard, qu'une force invincible attirait de ce côté, imagina de demander, pour son cousin et pour lui, une autorisation de ce genre qui lui fut gracieusement accordée. Ce lui serait une occasion de passer devant la vitrine de la cruelle, sans avoir à se reprocher la lâcheté d'être venu dans la rue exprès pour cela. Onésime eut beau protester de sa parfaite indifférence pour les toiles et les émaux. Son cicerone impitoyable ne tint aucun compte de ses récriminations.

III

Tout devait tourner mal pour Onésime, ce jour-là. Ne voilà-t-il pas qu'une horrible colique le prit aux entrailles durant l'exploration de ce fastueux musée. Quand il avoua son mal à Honoré, celui-ci étouffa un ricanement féroce au point qu'on se pouvait demander si l'événement n'avait pas été prévu, et même préparé par lui. On ne fait pas venir, dans d'autres intentions, un cassoulet de Castelnaudary. Ce méchant mouvement réprimé, il feignit une grande compassion pour son parent. Mais comment faire ? Onésime était incapable d'une

plus longue révolte contre les lois éternelles de la
nature.

— Va dans ce coin très obscur et prends ton chapeau ! lui dit impatiemment Honoré.

Le pauvre diable, bien rouge de honte, suivit
cependant le conseil qui lui était donné.

— Et maintenant, cours jeter cela dans la Seine,
en ayant bien soin qu'on ne t'aperçoive pas ; car si
le maître de la maison avait vent de ton inconvenance, il t'en pourrait cuire infiniment. Je te suis.

Tous deux sortirent, en effet, le lamentable Onésime dissimulant de son mieux son couvre-chef,
lequel avait changé si inopinément de destination.
Quand, tout tremblant, il fut enfin dans la rue, il
commença de marcher bien vite dans la direction
de la rivière, regardant à droite, à gauche, en
dessous, comme un malfaiteur rasant les murailles
et s'accrochant les coudes aux reliefs des devantures. Honoré marchait derrière lui. Quand celui-
ci eut atteint la charcuterie Pécourtois, il y entra
précipitamment :

— Monsieur Pécourtois ! Monsieur Pécourtois !
s'écria-t-il, regardez donc le vilain drôle qui se
sauve en emportant, dans son chapeau, les saucisses
qu'il vient de vous voler !

Le Pécourtois ne fit qu'un bond hors de la boutique. Onésime n'était encore distant que d'une
cinquantaine de pas. Il lui courut sus et l'appré-
hendant d'une main au collet, de l'autre voulant lui
saisir son chapeau, hurla : Au voleur ! de toute sa
force. Onésime, croyant que ce fût les gens du
financier qui lui tombaient dessus, et voulant leur

cacher avant tout la nature de son délit, fît une résistance héroïque. Il défendit, avec le courage d'un
lion, son chapeau qui finit par s'effondrer, en épan-
chant, sur les genoux des combattants, une très
fâcheuse et peu appétissante charcuterie, dont la
maréchaussée fut éclaboussée. Car le commissaire
étant accouru, — la police se dérangeait quelquefois,
dans ce temps-là, — on s'en fut s'expliquer longue-
ment chez lui. Et, durant ce temps, l'heureux
Honoré obtint, de la belle charcutière, le moment
d'entretien si longtemps et si impatiemment attendu,
lequel fut suivi de plusieurs autres, mieux em-
ployés encore. Car il y eut procès — la justice était
déjà lente à cette époque — et longtemps, durant
des mois, le charcutier fut constamment mandé au
Châtelet pour avoir outragé l'autorité.

Et nunc erudimini! vous qui aimez les belles
charcutières !

LA ROBE DE NESSA

LA ROBE DE NESSA

I

Une de ces belles nuits de mai qui sont comme un sourire des étoiles, dans la limpidité transparente du ciel, avec de chauds parfums cueillis par la brise sérénale aux lèvres des fleurs, des murmures de sources dans l'épaisseur des gazons, une nonchalance extrême de tous les êtres dans l'alanguissement profond de l'amour. Le rossignol chantait

dans les taillis et les feuillages frémissaient en ca-
dence à ses trilles éperdus. Une tentation immortelle était dans l'air imprégné d'harmonieuses vi-
brations. Comme une barque d'or, la lune voguait
en plein azur, sans laisser derrière elle le moindre
sillage. O nuits de mai qui mettez des baisers aux
bouches entr'ouvertes des pucelles et des fièvres
aux cœurs des adolescents, qui dira votre volupté
perverse! Mais jamais nuit de mai n'avait été plus
belle que celle-là!

Sur le bois de frênes aux frondaisons incendiées,
le couchant avait fait pleuvoir comme une pluie
d'émeraudes vivantes. Un grand tressaillement
d'ailes les avait enveloppées. Puis les pierreries
éclatantes ailées et le bourdonnement s'étaient
éteints : celles-ci dans l'ombre et celui-là dans le
silence. Le dortoir aérien des cantharides s'était
comme refermé sur ses hôtes : seulement s'en déga-
geait-il, mêlée à l'arome déjà mauvais conseiller des
plantes sauvages, une odeur qui mettait aux sens
comme une brûlure vague et dont tout ce qui respirait dans le voisinage ressentait, même lointaine-
ment, l'atteinte. Un poison flottait parmi les ombres
tremblantes du bois de frênes que ne rougissait plus
l'incendie du couchant. Vénus descend, chaque
soir, en effet, de son char dont les colombes sont
lassées et c'est alors le vol de beaux insectes verts
dans l'étendue mystérieuse auquel elle confie son
âme.

Non loin du bois de frênes, la rivière courait dans
un scintillement d'argent où se brisait l'image con-
fuse des rives, et non loin aussi le manoir féodal

profilait ses tourelles noires et le dentellement
sombre de ses créneaux.

II

Le seigneur Gobelevent des Estronnières était un
gentilhomme très sec et très cocu et c'eût un grand
embarras de décider lequel il était davantage. Car
le cocuage n'engraisse que les gens indélicats et je
ne vous conduis jamais dans leur fâcheuse compagnie. Il continuait, dans ce manoir, comme un égaré
d'un autre âge, les traditions chevaleresques de ses
aïeux, et le second mal dont il était atteint — ce
n'est pas sa sécheresse que je veux dire, — il le
tolérait malaisément et avec toutes les révoltes légitimes d'un homme d'honneur. D'ailleurs, n'avait-il
encore jamais surpris Odette — ainsi se nommait
sa femme — dans l'exercice de sa profession extra-
conjugale et s'en remettait-il, avec infiniment de
mauvaise humeur, de la réalité de son infortune
aux confidences cocuageuses de ses voisins. Il veil-
lait donc au grain sans être positivement sûr que des
mains coupables eussent déjà touché à sa moisson.
Odette était surveillée de près et condamnée à porter
des culottes aussi hermétiquement closes que des
ceintures de chasteté. C'est Gobelevent en personne
qui en nouait la ceinture, quand Madame s'absen-
tait, et faisait grande attention à la longueur et à

la forme des boucles qu'il laissait de chaque côté·

Or, de quel droit toute cette tyrannie, je vous prie?

Riche, il avait, en effet, comme Booz, épousé Odette pauvre et pour sa seule beauté — une beauté plantureuse faite vraiment pour un autre moissonneur que ce roquentin. Peut-on faire cultiver les grasses plaines normandes par un pygmée? L'image est la plus juste du monde, et le paysage vivant et postérieur dont la culotte précitée était la barrière, pouvait être comparé, par l'aspect abondant, aux plus beaux qu'arrose la Seine en fuyant vers son embouchure. Ce n'est pas qu'Odette fût une de ces grosses campagnardes qui se pourraient voiler, d'une seule main, le visage rouge comme une pomme mûre. Point. A l'extraordinaire développement de ses hanches près, elle était plutôt de proportions aristocratiques, non point testonnière en raison de ce qu'elle était plus bas et de l'autre côté. Deux traits de son portrait seulement encore pour que vous la connaissiez aussi bien que moi : elle était châtaine avec de beaux tons changeants dans la chevelure et ne pouvait entr'ouvrir ses jolies lèvres en calice de rose, sans qu'il semblât en déborder des gouttes de rosée, lesquelles étaient ses petites dents nacrées.

III

Hégésippe, le fils du fermier Putois, était un gars de dix-huit ans à qui on avait fait faire les fausses

humanités dont on se contente aujourd'hui. Il savait
juste assez de latin pour estropier un vers d'Horace,
en le citant, et tout son grec eût tenu dans l'extrémité
d'un pèse-gouttes. Il n'en était pas moins déjà fort
prétentieux, se préparant à la noble profession
d'avocat, pour laquelle il avait d'ailleurs des disposi-
tions notoires, aimant fort à dire aux gens des im-
pertinences quand il était sûr qu'il ne lui en serait
pas demandé raison. Ce que l'impunité lui donnait
de courage! Oh! le vaillant jeune homme! Cette prudence dont sa jactance naturelle ne recevait aucune
atteinte était une des caractéristiques de son noble
caractère. Joli garçon avec cela, d'une beauté qu'on
eût pu souhaiter plus mâle et dont le secret véritable
était un air infini de bonne santé. Odette, qui n'a-
vait pas le choix des amoureux, dans ses oubliettes,
se sentait tout naturellement portée vers ce gars
dont M. des Estronnières ne se méfiait pas, l'ayant
vu élever et l'ayant comblé de bontés. Les œillades,
— langoureuses sous les prunelles d'Odette, étincel-
lantes de désir entre les cils d'Hégésippe, — avaient
pu s'échanger sans que le méfiant seigneur s'en
aperçût. Puis, après, les petites étreintes sournoises et délicieuses dans les coins où l'on se frôlait
sans avoir l'air de le faire exprès et en s'excusant.
Ces « menus suffrages », comme les appelait Rabelais, des tendresses non encore récompensées,
ne sont pas sans une douceur dont on évoque
volontiers la mémoire, dans l'âge mûr, en cherchant à se figurer qu'il n'est rien au delà. Mais ce
n'est pas vrai. Et le livre qui se ferme après ces
pages rapides n'est qu'une préface inutile — comme

toutes les préfaces, d'ailleurs. Odette et Hégésippe
savaient à merveille qu'il y a infiniment mieux que
ces exercices de prunelles et ces effleurements hypocrites. Mais ce mieux, comment le conquérir, sous
la surveillance insupportable d'un mari qui ne se
voulait pas résigner au naturel état de sa con-
frérie ?

Ils vivaient donc dans une impatience douce et
cruelle à la fois, sentant, comme Polyeucte, le désir
s'accroître à mesure que reculait le reste... qui était
si copieux chez Odette ! Odette avait été prise soudain, pour la botanique, d'un goût suspect, et volontiers s'allait promener, pour cueillir des simples,
aux environs de la ferme du père Putois. Mais la
lorgnette de ce fameux Gobelevent, toujours braquée
— j'entends la lunette qu'il avait achetée chez un
opticien, — la suivait à travers la campagne, très
découverte en cet endroit, et seulement agrémentée
de quelques bouquets d'arbres semblant des îlots de
verdure plus sombre.

La nuit, bien que chacun des deux époux eût sa
chambre, impossible de fuir le manoir verrouillé
comme pour subir un assaut de vilains, au temps
des gentillesses féodales.

Cette nuit-là cependant, — la belle nuit de mai
que j'ai dite et qui semblait un sourire des étoiles
dans la limpidité transparente de l'azur — Odette
avait réussi à laisser une porte entr'ouverte, bien
résolue à profiter du sommeil de son époux pour
aller faire une belle petite promenade sentimentale
avec son galant. Hégésippe, prévenu, rôdait à quelque distance, sans se trop aventurer toutefois, que

quelque rayon soudain de lune ne fît inopportuné-
ment surgir son image de l'épaisseur protectrice des
ombres. Le seigneur des Estronnières ayant chassé
une partie de la journée, on avait tout lieu d'espérer
qu'il aurait le sommeil lourd.

IV

Étaient-ils vraiment résolus à la faute suprême, ou
bien est-ce la fatalité qui devait hâter le déshonneur du gentilhomme? Mais, tous les deux, Hégésippe et Odette, par un de ces hasards mystérieux
qui ne sont que les coups anonymes du destin, pri-
rent, pressés bien fort l'un contre l'autre, le petit
chemin qui menait au bois de frênes où le couchant
avait fait pleuvoir comme une pluie d'émeraudes
vivantes. Les effluves qui s'en dégageaient augmen-
tèrent sensiblement et portèrent au physique le
trouble de leurs âmes. Ils se sentaient vaincus par
une force obscure qui les jetait aux bras l'un de
l'autre et nouait d'invisibles étreintes autour de
leurs membres soudainement alanguis. Plus profonds et plus ardents leurs regards se mêlèrent dans
l'ombre et leurs bouches se cherchèrent d'un élan
plus éperdu. Déjà il l'enlaçait en la poussant devant
lui, doucement, pour l'asseoir dans l'herbe con-
stellée de lucioles. Tout à coup Odette s'aperçut que,
dans les grands émois de l'attente, elle avait oublié

11.

de retirer sa fameuse culotte à laquelle la fatigue
de son époux n'avait pas pensé davantage. Ah! tant
pis! Il ne retrouverait pas les boucles de la ceinture
comme il les avait faites. Mais elle n'avait jamais juré
de coucher avec. Résolument elle dénoua les liens
qui la maintenaient dans sa prison, dégagea malaisément son ineffable pétard de cette toile que l'araignée monstrueuse de la jalousie avait tissée, en
retira infiniment plus aisément ses jambes et laissa
à terre cette loque ouverte pour s'abandonner aux
douceurs de la feuille de vigne enfin tombée. Un
vent léger souffla — dans les arbres, s'il vous plaît,
— un vent de délivrance qui fit choir, sur l'étoffe
abandonnée, une façon de crépitement.

Je saute volontairement quelques lignes d'un récit
que j'ai promis véridique, mais non complet.

Vox faucibus hœsit. Un cri rauque s'arrêtant dans
une gorge contractée, et une bouche grande ouverte,
paralytiquement béante, aux lèvres comme figées
dans une expression d'indicible et furieux étonnement.

C'est le spectre du seigneur Gobelevent des
Estronnières, en chemise, qui apparaît aux coupables amants, silencieux à force de stupeur, et plus
terrible encore de ce qu'il est muet.

Le courageux Hégésippe a déjà fiché son camp.
Odette n'ose fuir avec lui. Elle aussi est comme
pétrifiée. Toujours avec la même grimace, son mari
lui montre, d'un geste impérieux, sa culotte à terre.
Elle comprend, la ramasse et la réenfile avec rési-
gnation. Alors Gobelevent s'approche, et, en vrai
chevalier résolu à venger son honneur, vous lui

commence une conduite jusqu'au château à grands
coups de pied dans le derrière, pendant que sa
propre bannière à lui! — pas celle de ses aïeux,
mais de sa chemise — s'agitait au vent.

Quand Odette rentra, en pleurant, dans sa
chambre, elle éprouvait une cuisson épouvantable
à l'endroit si cruellement meurtri. Jugez donc!
Quelques-uns des beaux insectes aux ailes vertes
dont les frênes étaient remplis étaient tombés dans
son pantalon pendant qu'il était à terre: elle les
avait enfermés avec elle dans son propre étui et le
sieur des Estronnières, en les écrasant à coups de
pied, avait compliqué son supplice d'un véritable
vésicatoire qui lui ardait aux fesses comme « le feu
Saint-Antoine » dont Panurge a parlé.

Ah! la pauvrette! Que de cris de douleur elle
poussait, dans le pantalon de Nessus où sa peau était
cruellement collée à chaque pli.

Le seigneur était rentré furieux dans sa propre
chambre, pour y prendre peut-être un revolver ou
un couteau. Elle tremblait en entendant ses pas le
rapprocher d'elle dans l'ombre.

Mais, ô surprise! Avec les yeux les plus tendres
du monde il la regarda et se mit à la soigner doucement, avec des caresses d'une légèreté inattendue.
Jamais il ne lui avait paru plus amoureux. Sa voix
avait des inflexions de baiser. A peine soulagée, il
devenait entreprenant. Le vieux mari se faisait
jeune amant par une incompréhensible métamor-
phose.

Incompréhensible tout à fait, non! Au moment où
M. des Estronnières, surprenant les ouvriers de

son déshonneur au déduict, avait ouvert démesu-
rément la bouche pour les maudire, une cantharide
s'y était engouffrée. De là les contractions de sa gorge
et l'effroyable grimace qui avait causé une si grande
terreur à Odette. Mais il avait fini par avaler la fâcheuse mouche et le cours de ses idées avait changé
immédiatement. Elles étaient devenues tout à coup,
de sombres et sanguinaires, riantes et grivoises tout
à fait. Dans une disposition d'esprit qui ne lui était
plus familière depuis longtemps, il avait été retrouver Odette, et plus du tout pour l'étrangler, à la
façon d'Othello, je vous le jure.

Ainsi le bel insecte ailé à qui Vénus confie le vol
de son âme, quand elle a dételé de son char ses colombes lassées, avait réparé le mal que lui-même
avait fait.

BON CONSEIL

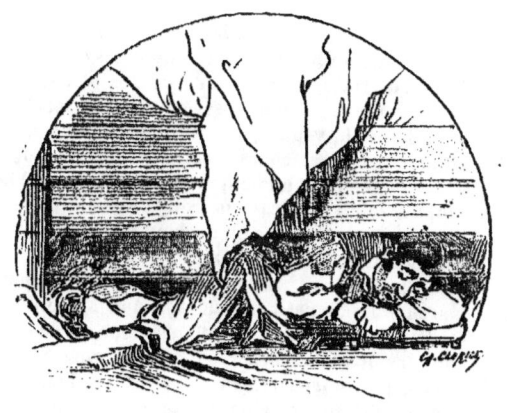

BON CONSEIL

I

C'était marché, ce jour-là, à Armentières, et, dès
le petit matin, sur les routes qui y mènent et dont
les arbres étaient comme noyés, par la brume, d'une
poussière d'argent que traversaient seulement les
scintillements du givre, c'était un roulement sec de
voitures, le claquement du sabot des bêtes en
rythmant la monotonie. Les lourdes pataches dont

le chargement bossuait la bâche engrésillée, défi-
laient dans un bruit de coups de fouet et de jurons.
Des deux côtés, un vol de corneilles s'abattant sur
la terre rase et picotant désespérément le sol chauve,
et au lointain, vagues, intermittentes, inégales, des
silhouettes de clochers s'enfonçant comme des ai-
grettes dans cette ouate que le soleil rosait à l'horizon, un soleil sans rayons, rouge comme une sorbe
et ne montrant encore qu'un bout de son épaule fla-
gellée comme celle d'un Christ inconnu.

Médard suivait cette mercantile procession de
marchands, au petit trot de son âne Martin, assis,
les jambes pendantes, aux flancs bourrus de sa bête
dont les hautes oreilles se balançaient, mélancoliques, découragées. Car vous savez que l'âne est un
animal fait pour la science, que nous avons abruti à
notre image, mais qui n'aime rien tant qu'ap-
prendre. Par quoi s'instruit-on, en effet? Par les
oreilles. Et la Nature eût manqué de sens commun
en les développant ainsi chez un animal voué à
l'ignorance. Médard avait l'intention formelle de par-
courir la place avant l'arrivée des acheteurs cita-
dins, pour acheter, s'il le pouvait, en plein déballage,
les choses dont il avait envie, meilleur marché.
Avare comme tout bon paysan, doué d'une femme
plus avare encore et qui le battait quand il se lais-
lait voler, il avait quitté Frelinghem en pleine nuit
encore, et somnolait doucement au dos de sa mon-
ture, dodelinant de la tête et ne barytonnant pas du
tout. Car c'était une musique qu'il gardait soigneusement à son épouse pour se venger de ses mauvais
traitements.

Et, de fait, il fut à Armentières un des premiers.
Et, ayant solidement attaché Martin à un tilleul
encore décharné, il assistait ici ou là au décharge-
ment des charrettes, dépréciant ce qui en sortait
et disant à l'un ou à l'autre : — Ah! ah! voilà des
pommes de terre gelées dont vous n'aurez pas grand'
chose ! — Voilà un tricot qui n'est plus à la mode et
dont vous ne trouverez rien. Mais les autres le con-
naissaient, et, bons paysans aussi, ne se laissaient
pas prendre. Les occasions se faisaient de plus en
plus rares. Médard, d'ailleurs, était bien venu aussi
un peu pour flâner hors de la geôle conjugale. Il y
avait là de belles filles qui descendaient malaisément des voitures par un marchepied trop bas en
montrant un beau bout de jambe, mieux encore
quelquefois, quand la jupe s'accrochait au tablier.
C'était un spectacle gratuit tout à fait dans les goûts
de notre prodigue. Madame Médard était aussi sèche
que méchante et n'avait pas plus de mollets qu'un
échalas. Celles qui sortaient en arrière de dessous
les bâches montraient encore un joli bout de fessier
pour dégager leur tête. Médard s'en pourléchait.
Madame Médard était assise sur un mythe et serait
entrée tout entière dans la canule si l'on eût ma-
ladroitement aspiré en lui donnant un lavement.

Donc, bien après que tous les étalages étaient déjà
en place, les servantes de la ville ayant commencé,
au profit de leurs patrons, la danse immortelle du
panier, notre Médard était toujours là, n'ayant pas
acheté grand'chose, mais ayant pris par la taille
beaucoup d'aimables drôlesses, quand la pensée lui
vint qu'il trouverait, à domicile, une volée, s'il ren-

trait chez lui trop tard. Il se mit donc en mesure
d'aller détacher Martin. Mais Martin n'était plus à
sa place. Le baudet avait disparu. Médard crut
d'abord que la bête s'était déliée elle-même ou avait
cassé sa bride. Le mélancolique Martin était pail-
lard et une bourrique avait peut-être passé par là.
Il interrogea les voisins. Il appela en promettant de
l'avoine. Il fit le tour de la place, la traversa en dia-
gonale dans tous les sens, maudit des commerçants
qu'il bousculait, parcourut les rues voisines sous
une tempête de malédictions et se rendit enfin, *in
petto*, à l'évidence d'un fait douloureux. Martin avait
été certainement volé durant qu'il contemplait lui-
même les mollets des demoiselles. Une sueur froide
monta aux tempes du rustre et perla jusqu'au bout
de ses cheveux en brosse. C'est pour le coup que
madame Médard lui ferait une vie à son retour ! Il
ferait mieux de fuir et de mettre la frontière entre
elle et lui. En attendant, il s'en fut chez le commissaire de police. Celui-ci accueillit sa réclamation
avec beaucoup de bienveillance et lui conseilla de
passer encore toute la journée et toute la nuit à
Armentières. C'était le seul moyen de laisser le
temps nécessaire aux recherches pour que celles-ci
soient fructueuses. Généralement c'était la nuit sui-
vante, au moment où ils se croyaient protégés par
l'ombre, qu'on pinçait les auteurs de vols de cette
nature. Médard fit la grimace à cette proposition
C'était une rude dépense que ce séjour.

— N'avez-vous pas, lui dit le commissaire, quelque parent en ville chez qui vous pourriez aller
loger ?

— Si fait ! répondit Médard. J'ai le cousin
Mouillefesse qui tient l'hôtellerie du Lapin Couronné.

— La meilleure de la ville et vous serez là à merveille. Laissez-nous faire et prenez courage. Nous
tendrons une souricière et nous rattraperons votre
baudet.

— Martin est beaucoup plus gros qu'une souris,
bien qu'il soit du même gris, répondit Médard, et il
ne faudrait pas qu'on me rendît à la place quelque
méchant ânon fourbu.

II

Il y avait grand remue-ménage à l'hôtellerie du
Lapin Couronné quand Médard y fit son entrée, non
sans quelque embarras. Car le cousin Mouillefesse
n'attachait pas son chien avec des saucisses et leurs
liens de parenté étaient relâchés depuis longtemps.
En obtenir une hospitalité convenable, et néanmoins
gratuite, ne serait donc pas chose aisée. Les marmitons, les garçons faisaient un véritable chassé-croisé
à travers les couloirs, et dans les sous-sols, d'où
montait une odeur appétissante, il était évident
qu'on se ruait en cuisine. Médard eut les oreilles et
les narines charmées de ce parfum et de ce vacarme.
Mouillefesse faisait, au milieu de ce tohu-bohu, les
embarras d'un général en chef. Il commandait, il

criait. Il tempêtait. Il mettait son bonnet sur l'oreille.
A peine sembla-t-il reconnaître Médard quand
celui-ci l'aborda et l'appela : cousin. Il entendit la
confession du paysan d'une oreille distraite et n'en
retint que le désir qu'avait celui-ci de ne pas payer
grand'chose. Il prit un air généreux et dit : C'est
bon ! c'est bon ! on ne te comptera que le blanchissage des draps. Et il donna l'ordre à un garçon de le
conduire à sa chambre. Celui-ci, qui avait bu, par
avance, un petit coup, se trompa de numéro et
amena Médard dans une pièce qui ne lui avait été
nullement désignée. Que voulez-vous ? on ne donnait pas tous les jours, à l'hôtellerie du Lapin Couronné, un dîner de cent couverts comme celui
qu'on était en train de préparer pour la noce de
M. Lapissote qui épousait, le jour même, mademoiselle Mésenterre, un des plus riches partis du
pays.

Or les jeunes époux avaient fait un petit complot.
Celui de ne pas rentrer à leur nouveau domicile et
de découcher le jour même pour dépister les
ennuyeuses curiosités. Ils avaient retenu tout simplement une chambre à l'hôtel où se ferait le repas
et comptaient disparaître avant la fin de la soirée.
Mon Dieu, c'est infiniment moins ridicule que de se
fourrer immédiatement en berline pour se rendre
en Suisse. Le voyage de noces me paraît une des
habitudes les plus grossières de ce temps. Vous avez
dû, par simple politesse, faire accroire à une jeune
fille, censée sans expérience, que vous étiez dans
une impatience folle de coucher avec elle ; et, aussitôt que vous en avez acquis le droit ridicule, vous

vous empressez de lui dire : Non ! non ! feue Mademoiselle, pas maintenant. Il me faut absolument la
courbature d'un voyage pour me mettre en train et
la vue des glaciers pour me donner du cœur. Pourquoi, pendant qu'on y est, ne pas exiger aussi une
musique militaire? Le jeune ménage Lapissote
agissait, du moins, avec quelque logique passion-
nelle. Ils allaient au plus près pour être heureux.
Et c'est aller aussi au plus sage. Le fiancé avait
d'ailleurs choisi une pièce confortable, un peu retirée dans la maison, d'où l'on n'entendait pas grand
bruit, loin de la porte décriée par un numéro révéla-
teur. Car rien n'est moins idoine à auréoler de
poésie les félicités conjugales que les musiques
nocturnes qui se font derrière ces huis numérotés.
Au fait, précisément la chambre où la stupidité d'un
domestique venait d'installer le paysan Médard.

Celui-ci, harassé d'avoir couru après son âne, tué
de tant d'émotions, était dans un état de lassitude
touchant à l'abrutissement — non pas au point
cependant de déroger à l'avarice professionnelle.
C'est ainsi qu'après avoir contemplé avec admiration le tapis à fleurs dont la chambre était garnie, la
tenture à ramages qui en faisait les cloisons pareilles
à des jardins, la finesse des lingeries familières dans
un pays où se fabriquent d'admirables toiles et
renommées dans le monde entier, toute cette literie
blanche qui respirait une fine odeur d'iris : — « Le
blanchissage de pareils draps doit coûter un peu
cher, pensa-t-il, se remémorant le propos du cousin
Mouillefesse. Attends un peu, vieux filou ! » Et,
comme le lit était fort haut sur ses pieds, il se glissa

dessous et s'y coucha, un coussin de pieds pour
oreiller sous la tête et le dessous en spirales du sommier pour horizon. Bientôt une douce somnolence
le prit, et, comme il avait bu une pleine bouteille
de ce bon cidre que fabrique mon ami Edmond Lau-
bière et pour lequel les Palais Elyséens n'ont pas
assez de médailles d'or, un cortège de visions
joyeuses passa d'abord sous ses paupières baissées.
Dans une musique douce comme des paroles d'amour
passaient de petits pieds chaussés de satin blanc et
qui semblaient voleter au ras du sol, effarouchés
comme des colombes.

III

Furtivement, comme des voleurs ou comme d'illé-
gitimes amants, l'heureux Lapissote et sa jeune
femme étaient entrés dans leur chambre et igno-
raient absolument qu'un hôte y eût pénétré avant
eux. Ils étaient fort amoureux l'un de l'autre ; mais,
pareille en cela à la chatte, la femme même la plus
éprise fait céder son propre désir à celui d'être dé-
sirée. Si fort qu'elle se sente à l'homme qui va la
presser dans ses bras, elle se veut le prix d'une conquête. De là l'hypocrite bataille qui précède toujours la consommation des plus impatientes hymé-
nées. La nouvelle épousée ne manquait pas au belli-
queux programme. Elle défendait une à une les posi-

tions comme un stratégiste convaincu. Les cheveux
lentement dénoués dans un éplorement de boutons
d'oranger ; les épaules où les baisers s'efforçaient
de remplacer en vain la chaleur du corsage enlevé ;
les bras nus par surprise et pressés le long des côtes
comme des frileux ; — un nouveau mode de défense,
l'attaque ayant subitement repris d'un autre côté ;
de feintes ruades protégeaient les mollets ; les fémurs
se serraient comme un étau, sans parler de ce qu'on
garde, comme on dit, pour la bonne bouche. Qui ne
connaît cette petite guerre ? Mais la jeune madame Lapissote y apportait vraiment un entrain
particulier. C'était une véritable poursuite à travers
les meubles de la chambre qu'elle imposait à son
mari. C'était une longue escarmouche avant le long
combat où l'on couche vraiment sur les positions
conquises. Le glissement sourd des meubles sur le
parquet indiquait seul les incidents de cette véritable chasse.

Cependant, et par un phénomène que vous avez
certainement observé comme moi et qui nous rend
conscients, dans le sommeil, de ce qui se passe
autour de nous, tout en l'appropriant au rêve dont
nous sommes nous-mêmes hantés, Médard, toujours
assoupi sous le lit et dont les songes avaient pris,
comme toujours à la fin, le chemin des préoccupa-
tions de la journée, avait une perception vague de
ce qui se passait autour de lui. Il entendait parfaitement des pas qui couraient, des gens qui se cher-
chaient et qui s'évitaient. Mais il lui semblait très
distinctement que ce fût la police qui avait enfin
découvert le voleur de son âne et qui le traquait de

cette façon. Avec une angoisse, comme on en
éprouve souvent en dormant, il suivait les péripéties
de cette prise, impuissant lui-même à se mêler aux
gendarmes, cloué au sol comme par des pavés de
plomb.

Tout à coup, sur un fauteuil s'écrasant sous un
bruit de lutte, l'heureux Lapissote poussa ce cri
vainqueur :

— Ah ! Je le tiens !

Une voix mystérieuse et profonde, celle de Médard,
réveillé en sursaut, mais non pas délivré de ses fan-
tasmagories, lui répondit sous le lit :

— Ne le lâchez pas !

LEÇON DE CHOSES

LEÇON DE CHOSES

I

Au bout du parc qui jadis avait été seigneurial, rompant la monotonie des avenues de grands arbres, dans une façon d'éclaircie des feuillages, la pièce d'eau, bordée de hauts joncs, semblait rêver sous la caresse chaude d'un jour d'été. A la surface où se ridait à peine l'image immuablement bleue d'un ciel sans nuées,

Le nénuphar, nombril des chastes Néréides,
Creusait la lèvre en fleur de ses calices blancs,

et les libellules aux ailes transparentes et teintée s
d'un violet pâle traversé de fils d'or, les venaient
effleurer d'un petit bruit de verres que choqueraie nt
de mystérieux esprits avant d'y boire la rosée. Près
des bords, des iris sauvages élevaient leurs fleur s
jaunes et enveloutées comme des coquillages où les
bourdons plongeaient leurs corselets de velours,
tandis que les papillons, ceux-ci couleur de neige,
ceux-là couleur de soufre, d'autres avec des yeux sans
regard sur les ailes, effleuraient de leur vol muet
des narcisses semblant lourds à leur tige creuse et
d'un vert si délicat. Dans la limpidité de l'eau dont
aucun courant n'éveillait les caprices, le sommeil
des cyprins aux ailes dorées semblait à peine bercé
d'un insensible battement des nageoires et, plus
près de la rive, mais plus profondément, passait le
dos rayé des perches qui chassent à toute heure.
Tout autour c'était un parfum exquis de plantes
agrestes et la fraîcheur des brises qui se sont désal-
térées dans leur course. C'était encore un chucho-
tement d'oiseaux dans les branches prochaines,
quelques solistes ailés brodant, sur le fond d'or-
chestre, une sonore et ingénieuse mélodie, fauvette
essayant des trilles, chardonneret égrenant de
petites notes vibrantes et aiguës. Et cette rumeur
mystérieuse des choses dans le bien-être des
effluves méridiens! On eût dit que des paroles
d'amour, à peine murmurées, s'échangeaient entre
les papillons et les fleurs, entre les feuilles tremblantes et les oiseaux. Et tous chantaient peut-être
l'immortelle beauté de la femme, obscure chez tous
les êtres qui ne sont pas l'homme, mais vivant pour-

tant, instinctivement pressentie et subie par les naïves créatures sans révolte contre la fatalité. Ce frémissement d'inintelligibles paroles avait des sonorités vagues de baisers.

Les échos, qui balançaient délicieusement leurs ailes à l'écouter, éprouvèrent un désappointement et une surprise vraiment désagréables en entendant cette belle musique de la nature subitement troublée par ce propos incongru débité par une sourde voix de cuistre : « Oui, monsieur le comte, le principe d'Archimède doit s'énoncer ainsi : tout corps plongé dans un liquide y perd une partie de son poids précisément égale au poids du liquide déplacé. »

Un merle accueillit par un sifflement cette déclaration inconvenante ; une jeune carpe sauta en l'air pour exprimer son ironique hilarité ; les fauvettes exécutèrent un froufrou de fuite dans les taillis et les nénuphars ouvrirent des yeux démesurés d'étonnement et d'indignation.

Et celui qui causait tout ce trouble était maître Asinarius, pédant de par le ciel, et professeur, de par la destinée, du jeune comte Adhémar de Pète-Lucette, qui bâillait à se décrocher les mâchoires en l'écoutant.

II

Le maître avait l'air d'un corbeau avec son grand nez qui semblait toujours occupé à piquer dans le

12.

crottin de la science humaine. L'élève avait l'air
d'un jeune cygne avec son allure maladroite d'ado-
lescent embarrassé de ses bras et de ses jambes,
mais empreinte d'une grâce et d'une noblesse à
venir visibles déjà, une rêverie dans le regard,
quelque chose comme un coin de ciel, une caresse
vague dans le sourire, quelque chose comme la
divination du baiser. Dans cette tête enfantine
encore, trop petite pour l'ensemble, et, dans ce
corps, incomplètement formulé, on sentait vraiment la race. C'était bien la physionomie d'un fils
de chevaliers et non pas d'un futur décrotteur de
Pandectes. C'est seize ans qu'il pouvait avoir, dix-
sept peut-être, la lèvre ombragée à peine d'un léger
duvet, une curiosité inquiète dans les yeux, une
distraction constante dans l'esprit. On eût pu remplacer avec avantage son précepteur par un moulin
à café. Car il en eût appris tout autant et on aurait
eu du café, en fin de compte, tandis qu'il ne restait
absolument rien du verbiage prétentieux de maître
Asinarius, dont les belles leçons s'envolaient en
fumée. Maître Asinarius était cependant un édu-
cateur de la jeunesse suivant le dernier modèle, de
ceux qui entendent enseigner aux jouvenceaux ce
qui fait la pratique de la vie plutôt que ce qui en
fait l'excuse et le charme. Car ce n'est plus le doux
Virgile et le spirituel Horace qui parlent la langue
sacrée des dieux par la bouche des pédants d'aujourd'hui. De ces poètes immortels il restait toujours quelque chose à travers la stupidité des com-
mentaires dont on nous les gâtait. Nous avions dû
à cette éducation latine d'avoir fait de notre langue

nationale la plus littéraire du monde entier. En
serons-nous jamais les premiers ingénieurs? Nul ne
le sait, et peut-être eût-il été prudent de nous con-
tenter d'être les glorieux dépositaires de tout ce
que l'Art et la Poésie avaient eu de grand dans le
passé.

— Répétez-moi un peu ce que je viens de vous
dire et récitez-moi le principe d'Archimède, reprit
le pédant.

D'une voix ânonnante d'écolier, le jeune comte
répondit : « Tout corps plongé dans un liquide y
déplace un volume égal au sien. »

— Ah! ah! ah! fit en riant le maître et en haussant les épaules, c'est le principe de M. de la Palisse
que vous venez de me donner là. Je vous ai dit :
« Perd une partie de son poids égale au poids du
liquide déplacé. » C'est ce que je vais vous prouver
d'ailleurs sur vous-même, en vous faisant prendre
votre bain. Car nous autres, gens de progrès, nous
joignons toujours l'exemple immédiat à l'énoncia-
tion de la vérité. Déshabillez-vous, monsieur le
comte, je vais souffler à point votre ceinture natatoire pendant ce temps-là.

Machinalement, le jeune gentilhomme commença
à dépouiller son haut-de-chausse, pendant que
maître Asinarius s'époumonait à enfler un tore de
caoutchouc.

III

Ah! si vous aviez su ce qui se passait, pendant ce temps-là, dans l'âme du jeune comte Adhémar de Pête-Lucette! Le pauvre petit était désordonnément amoureux de sa tante, la marquise de Lamothe-Ambrée, chez qui il passait ses vacances, en la déplorable compagnie de son précepteur. La marquise avait trente-deux ans et cette maturité, ferme encore, des formes qui séduit si fort les premières virilités du regard. Blanche, blonde, plutôt grande que petite et certainement grassouillette, elle avait juste, dans l'épanouissement d'une gaieté accueillante, la pointe de majesté qu'il faut pour subjuguer absolument un jeune cœur. S'apercevait-elle de l'émoi où elle mettait son inconscient neveu? Il est rare que les impressions de cette nature échappent aux femmes qui les inspirent. En ressentait-elle de la raillerie ou de la pitié? Peut-être un peu de l'un et de l'autre, assez de toutes deux pour adoucir de bienveillance sa naturelle coquetterie. Je laisse à vos souvenirs le soin de vous narrer le délicieux supplice qu'endurait l'élève de maître Asinarius. Qui ne se rappelle le martyre des premières tendresses timides et inavouées, cette terreur mystérieuse de la femme qui a éveillé en nous un nouvel être, le fatal compagnon de toute la vie

à venir; ce que l'air qu'elle a respiré laisse de
mortel après soi; l'ivresse douloureuse qu'on boit
dans l'air où sa chair et ses cheveux ont mis leur
odeur vivante; les frémissements dont les moelles
sont secouées rien que d'avoir frôlé le bout de son
doigt ou un pli de sa robe; et les nuits sans sommeil passées à se remémorer les moindres gestes
de l'adorée, ses moindres paroles, à recommencer,
dans un rêve pervers des sens désormais maîtres de
l'esprit, le poème des métamorphoses infinies, taureau, cygne ou pluie d'or suivant les caprices d'Eu-
rope, de Léda ou de Danaé; les imaginations où
l'on se perd d'être le fichu qui couvrait sa gorge, la
mule qui chaussait son petit pied, le coussin où se
posaient ses grâces lassées. Pour la belle marquise
de Lamothe-Ambrée, le jeune Adhémar de Pète-
Lucette éprouvait tout cela. Et, le jour comme la
nuit, vivait-il dans cette obsession abêtissante et
exquise d'une image où se confondaient toutes les
admirations de sa pensée et tous les désirs de son
être. Et vous croyez que, tout à cet exil de sa propre
personnalité, il écoutait un mot des balivernes
scientifiques de cet imbécile d'Asinarius! Lui,
Adhémar, tout à la surprise de la puissance mystérieuse où l'induisait la seule appréhension de la
Beauté, tout au voluptueux et terrible étonnement
de l'invisible robe prétexte qui lui collait aux chairs
comme celle de Nessus!

Il ne savait seulement jamais où il était; il n'était
jamais, en réalité, qu'auprès de la belle marquise.
Quand il eut pudiquement revêtu son caleçon de
bain, maître Asinarius lui passa, sous les aisselles,

sa ceinture natatoire, en lui disant : — Vous allez descendre dans l'eau et vous verrez si vous vous y soutenez dans une situation décente sans le moindre effort, par application du principe d'Archimède... Bien!... Non ! la ceinture est un peu trop gonflée. Vous sortez de l'eau quelque chose qu'on ne doit pas montrer. Revenez que j'en retire un peu d'air... A la bonne heure !... Fichtre ! vous enfoncez maintenant. Remontez, que j'insuffle encore.

Vous suivez d'ici la pantomime à deux. Le jeune comte obéit patiemment, par indifférence... Maître Asinarius pousse encore quelques bouffées d'haleine dans le caoutchouc. Suprêmement distrait, Adhémar en pousse d'une autre nature, par un autre côté et dans son caleçon.

— Ceci n'est pas de jeu, monsieur le comte, lui dit, sans colère, maître Asinarius, et nous n'arriverons à rien si vous défaites par ici ce que je fais par là.

Enfin l'équilibre tant souhaité est obtenu. Le jeune comte flotte sur le ventre, ayant l'eau juste au ras du menton, et sans laisser rien émerger de son noble siège naturel. Le pédant triomphe.

— La ceinture est graduée par mes soins, monsieur le comte, dit-il, et je vous prouverai, tout à l'heure, que le poids du liège déplacé qui vous soutient est précisément le vôtre.

IV

Mais voici que, tout à coup, les yeux du jeune homme se perdant dans une indicible rêverie, son derrière apparaît à niveau, puis dépasse légèrement la ligne d'affleurement, comme par un accroissement subit et mystérieux de la force qui le soutient. Maître Asinarius est stupéfait. Puis, ses regards suivant, par instinct, la même direction que ceux de son élève, n'aperçoit-il pas, de l'autre côté de l'étang, dans l'anfractuosité échevelée d'une sauaie où, sans doute, elle se croyait bien solitaire, la belle marquise en costume de Diane, à mi-jambes nues déjà dans l'eau, frileuse et prête à entrer dans son bain, un admirable poème de chair à la Rubens sur lequel le soleil, tamisé par les feuillages, zébrait l'ombre ou piquait des flèches de lumière. Saint Antoine, lui-même, eût été ému de cette voluptueuse apparition.

Maître Asinarius, qui avait du monde, se garda bien d'inviter son élève à sortir trop vite de l'eau. Il attendit qu'en y descendant elle-même, la marquise eût rompu le charme. Mais, en rentrant, sur un vieux cahier raturé où il consignait ses méditations journalières, il écrivit cet en-tête d'un chapitre qu'il écrira peut-être un jour : *D'une ingénieuse application du principe d'Archimède au choix d'un mari.*

LE DYNAMOMÈTRE

LE DYNAMOMÈTRE

1

   — Et tu es convaincu que ta femme te trompe ?
fit le substitut Vessaride à son ami Cuminet qui le
venait consulter sur un fait douloureux.

   — Certainement ! répondit Cuminet à son ami le
substitut Vessaride.

   — Quelles raisons as-tu de le penser ?

   — Toutes. Hortense n'est plus la même avec moi.

Aucune impatience de mes caresses. Une joie mal dissimulée quand je la quitte. Affectation de petits soins ridicules. Elle parle toujours de sa fidélité, ce qui est un autre fâcheux présage. Je gagne maintenant au jeu, moi qui y perdais toujours. Il me semble entendre rire quand j'ai le dos tourné...

— Tout cela ne suffit pas, mon pauvre Cuminet, à prouver que tu es cocu, comme tu sembles le souhaiter.

— Aussi ai-je trouvé un moyen infaillible d'être sûr de mon affaire.

— C'est une supériorité que tu auras là sur beaucoup de maris que le doute torture.

— Et c'est très simple. Un ingénieur italien a imaginé un dynamomètre qu'on installe fort aisément dans le sommier du lit conjugal. Toute pesée exercée sur le lit le met en action et un curseur, comme celui des thermomètres à maxima et à minima, marque le poids maximum que le sommier ait supporté pendant un certain temps. J'installe cet appareil dans la chambre de ma femme. Je feins une absence de quelques jours et surtout de quelques nuits. Je sais à merveille, au retour, si elle a couché seule.

— Tu connais exactement le poids de ta femme ?

— Cent soixante. Je l'ai menée ce matin traîtreusement au Louvre, sous prétexte de lui faire un cadeau, mais, en réalité, pour me fixer sur ce point.

Le substitut Vessaride eut son mauvais sourire.

— Il ne doit pas s'ennuyer, fit-il. Et quand pars-tu ?

— Ce soir même.

— Et quand reviens-tu ?

— Dans trois jours. Je constate les indications du dynamomètre sans rien dire.

— Tu viens me retrouver. Je te choisis un avoué et nous introduisons une bonne petite instance en divorce basée sur un fait d'une certitude mathématique, ce qui est rare vraiment.

— Adieu. Je vais envoyer Hortense faire une commission pour moi, et, pendant ce temps-là, je dresserai la perfide machine. Je crois que je rirai dans trois jours.

— C'est tout ce que ça vaut, conclut le substitut Vessaride.

Et, après l'avoir quitté sur une chaleureuse poignée de main, son ami Cuminet fit exactement tout ce qu'il avait dit.

II

Ce Cuminet était-il vraiment cocu ? Ne l'outragez pas d'un doute à cet égard. En revenant de le conduire au chemin de fer, Hortense s'était arrêtée au premier bureau de télégraphe. Elle y avait adressé une dépêche au joli vicomte Pigelevent de Moncey, lui donnant un avis immédiat de son veuvage. Le soir même elle viendrait dîner avec lui. Je n'ai point à vanter les charmes d'une personne dont les bascules du Louvre se sont chargées de faire l'éloge,

et un éloge éloquent. Les cent soixante livres que
pesait, en effet, madame Cuminet, étaient réparties
fort aimablement sur sa personne, accumulées aux
bons endroits et bien en main pour qui en voulait
éprouver la solide réalité. Ce n'était pas de méchantes livres fournies un peu partout et jusque
dans les attaches. Une belle harmonie, une pondé-
ration radieuse donnait de ce bel ensemble une
impression de souplesse et presque de légèreté. Un
peu de l'âme de madame Cuminet, qui rayonnait
sur son corps. Ce tout confortable était habillé d'une
peau éblouissante de blancheur avec des coulées
d'ambre sous la nuque et ailleurs encore, coiffé
d'une admirable chevelure blonde descendant jusqu'aux jarrets quand on lui rendait sa liberté,
éclairé par deux yeux bleus et un sourire d'une
avenance parfaite avec une délicieuse pointe de
moquerie. Le substitut Vessaride avait raison. Le
joli vicomte Pigelevent de Moncey ne devait pas
s'ennuyer.

— Trois nuits tout entières ! murmuraient gaiement les deux amants en croquant des écrevisses.

Et le dîner ne fut qu'un long baiser avec quelques entr'actes de bonne chère.

— Non ! non ! pas ici ! disait Hortense, puisque
nous pourrons nous coucher tout à l'heure.

Et ils supputaient avec une joie féroce le nombre
d'accrocs qu'ils pourraient faire à l'honneur du malheureux Cuminet.

Hortense voulait emmener tout simplement son
amant au domicile conjugal. Car les femmes ont un
tel amour du bien-être qu'on ne trouve que chez soi

qu'elles en oublient la plus vulgaire prudence. Mais le joli vicomte n'avait aucun goût pour les retours imprévus des maris qui pardonnent à leurs femmes à la condition qu'elles lui laissent massacrer leurs complices. Il entendait que l'adultère eût lieu chez lui. Hortense, qu'amusait cet intérieur de garçon, finit par y consentir. Elle rentra défaire son lit seulement pour ne pas mettre sa bonne Octavie dans la confidence. Un instant après, elle avait rejoint Pigelevent en voiture, et tous les deux eussent volontiers donné leur adresse au bout du monde, comme ce fou charmant de des Grieux. Comme ils se l'étaient promis, ils taillèrent copieusement dans l'honneur de Cuminet. Au bout de trois nuits, il n'en restait pas de quoi faire une veste à un Ménélas lilliputien. Ils avaient agrémenté ces déchirures d'un tas de petits découpages raffinés. Ils en avaient effiloqué l'étoffe avec le doigt et avec les dents. On eût dit le manteau invisible et sous lequel on apparaissait tout nu du joli conte d'Andersen.

Ils étaient vraiment ravis de leur ouvrage quand ils durent s'avouer, le troisième matin, qu'ils ne pouvaient se retrouver le soir, ce qui les jeta dans une indicible mélancolie.

III

A peine délié des embrassements éperdus du retour, M. Cuminet envoya sa femme lui faire une

nouvelle commission. Fiévreusement il se mit à
genoux le long du lit pour interroger le dynamomètre. Il fit un oh ! formidable, en lisant, au bout
de la course de l'indicateur : *Trois cent soixante
livres !* Eh bien! le résultat dépassait ses espérances. Il était jaune de fureur quand sa femme
rentra, et, malgré qu'il eût nourri le dessein d'agir
sans vacarme, il ne put se contenir.

— Malheureuse ! s'écria-t-il, il a couché quelqu'un
ici.

— Je vous jure que non, mon ami ! riposta Hortense avec une sincérité parfaite et sans réfléchir
au sens dangereux de sa réponse.

— Je sais ce que je dis, femme coupable ! hurla
Cuminet décidément hors de lui, et vous aurez tout
à l'heure de mes nouvelles.

Et, comme un fou, il se précipita chez le substitut
Vessaride : *Trois cent soixante livres !* s'écria-t-il,
en entrant, sur un ton de triomphe douloureux :

Le magistrat eut encore son mauvais sourire :

— Elle n'a pas dû s'ennuyer, fit-il. Allons chez
l'avoué commencer la procédure.

Et ils partirent bras dessus bras dessous. Cuminet
répétait avec rage : *Trois cent soixante livres !* quinze
de plus qu'avec moi !

Durant ce temps, madame Cuminet, affreusement
inquiète et bouleversée, avec les paroles obscures
de son mari lui sonnant dans les oreilles, eut enfin
une idée soudaine, comme une révélation. Elle
sonna sa bonne.

— Octavie, lui fit-elle à brûle-pourpoint, vous
avez couché dans mon lit cette nuit.

Octavie devint toute rouge. Le fait est que s'étant aperçue que Madame découchait, elle avait reçu son galant dans le lit des Cuminet, infiniment plus spacieux que le sien.

— Ah ! parlez ! parlez ! Il s'agit de mon honneur, de mon salut.

Octavie, qui était au fond bonne fille, avoua. C'est-à-dire qu'elle avoua à moitié. Elle avait entendu gratter des souris dans sa mansarde. Elle avait eu peur et était venue se coucher dans les draps de Madame, qui était absente.

Le réquisitoire s'achevait, quand M. Cuminet rentra, son assignation lancée, le chapeau sur l'oreille et se frottant les mains.

— Avouez à Monsieur, Octavie ! fit Hortense avec autorité.

— C'est moi qui ai couché ici, fit celle-ci pareille à un bouton de pivoine qui va éclater.

Cuminet eut d'abord un sourire d'incrédulité.

— A d'autres ! fit-il.

Mais, avec un élan de sincérité, un accent de vérité qui se fût imposé aux plus sceptiques : — Sur le salut de mon âme, s'écria-t-elle, sur la tête de mes parents vénérés, je jure devant Dieu que c'est moi.

Cuminet se frappa le front, vaincu par cette irrésistible impression d'honnêteté.

— Imbécile que je suis, pensa-t-il. Cette fille dit certainement vrai. J'avais oublié que ma femme est horriblement peureuse. Elle aura fait coucher Octavie avec elle pour ne pas rester seule la nuit.

Et, prenant brusquement son chapeau, il retourna en courant chez le substitut Vessaride.

13.

— Arrêtons l'instance ! fit-il, tout est expliqué !

— Comment ?

— C'est avec une femme que madame Cuminet était couchée.

Le substitut Vessaride eut un sourire encore plus mauvais pour dire :

— Et tu aimes mieux ça ?

— Certainement, fit l'innocent Cuminet. Vite ! vite ! retournons chez l'avoué.

Celui-ci reçut fort mal la communication. Il n'entendait pas qu'on l'eût dérangé pour rien. Il avait griffonné déjà deux aunes de papier timbré.

— Tu sais, c'est bon pour une fois, fit sévèrement Vessaride. Mais je te préviens que nous ne nous dérangerons plus pour toi, imbécile.

Ah ! dame ! c'est que, quand une affaire leur échappe, les gens de procédure ne sont pas contents !

En rentrant, pour demander pardon à sa femme de ses injustes soupçons, M. Cuminet répétait machinalement, comme un refrain : *Trois cent soixante livres ! Trois cent soixante livres !*

Il s'arrêta tout à coup pour penser : Je n'aurais jamais cru qu'Octavie, qui est bien râblée, mais petite, pesât deux cents.

IV

*

Très interloqué, un peu excité même par cette découverte, il s'en fut, droit en rentrant chez lui, à la chambre où Octavie faisait ses paquets, ayant déclaré qu'elle ne demeurerait pas une minute de plus dans la maison, après cette humiliation.

— Mais je ne vous chasse pas, ma fille, lui dit avec une bienveillance extrême son patron. Je vous remercie, au contraire, de la sollicitude que vous avez eue et de la franchise que vous avez témoignée.

En même temps il se rapprochait d'elle avec une envie furieuse de la tâter aux bonnes places, lesquelles devaient être mieux rembourrées que les fauteuils de la Porte-Saint-Martin.

— Ah ! ah ! sournoise ! faisait-il en lui souriant.

Ma foi, il risqua une main en plein pétard, comme pour jouer au ballon.

— A bas les pattes ! hurla une grosse voix, et, d'un placard où il s'était fourré, un superbe cuirassier en petite tenue sortit, roulant des yeux furibonds.

Octavie voulut le calmer.

— Je me fiche pas mal de ton bourgeois ! poursuivit le cuirassier Latrouille. Du moment que tu t'en vas, je n'ai plus besoin de me cacher. Oui, mon bonhomme, c'est moi qui ai couché avec Octavie, dans ton lit, pendant que ta femme et toi étiez en voyage ; et, si tu n'es pas content !...

Cuminet, qui n'était pas brave, recula. L'horrible vérité lui était, du coup, révélée. Madame Cuminet était allée le tromper à domicile ! voilà tout.

Reprenant son chapeau avec fureur, il se précipita chez le substitut Vessaride.

— Je le suis ! cria-t-il, je le suis ! en entrant comme la foudre. Retournons chez l'avoué.

Mais le substitut Vessaride, très froid :

— Monsieur Cuminet, si vous ne me fichez pas la paix, comme je vous y ai déjà invité, je vous préviens que je vous fais arrêter comme fou.

Et Cuminet, qui n'était pas brave, rentra en maudissant le dynamomètre qui l'avait mis dans ce... fâcheux état. Il ferait beau voir que la science se mît à la traverse de l'amour !

ÉGLOGUE

ÉGLOGUE

I

Par un couchant d'or du beau Rêve antique, sous les cieux où dans chaque étoile brûlait l'âme d'un Dieu, au bord de cette mer Syracusaine dont chaque flot murmure encore le nom harmonieux de Théocrite, allons respirer, un instant, l'oubli des fanges où se réjouit de finir un siècle sans ran-

cuné contre le destin. Avec inquiétude je me demande quelquefois où se réfugiera, aux heures de
dégoût trop amer, l'âme des enfants qu'on sèvre des
souvenirs où, pour jamais, s'était fortifiée la nôtre.
Cette muraille impie dont chaque pierre renie l'orgueil sacré de nos origines et qu'on élève entre les
générations et l'auguste vision des Olympes éva-
nouis m'épouvante. Le christianisme lui-même,
avec son dogme nouveau et ses judaïques superstitions, avait respecté cette filiation de notre race avec
la race élue où, des seules inspirations de l'esprit,
étaient nés le génie d'Homère et le spiritualisme de
Platon. On apprenait Hésiode, Sophocle, Anacréon
même, tous les grands païens dans les écoles catho-
liques. Il était réservé à notre âge de liberté de
combler les sources où la première République
avait puisé la meilleure de ses sèves, bu l'héroïsme
à pleine coupe dans la mémoire des échos des
Thermopyles et des chansons de Tyrtée. Ce fut un
sublime réveil de l'âme antique qui jeta nos soldats
aux frontières et secoua toutes les tyrannies autour de nous. Jamais la Grèce, l'immortelle patrie
de tout ce qui fut grand et juste, du Beau dans l'art
et du désintéressement dans la vertu, ne fut aussi
splendidement glorifiée par un rétrospectif hommage. Les petits-fils de ses derniers prêtres cachent,
aux leurs, jusqu'à la place de ses autels !

Soit ! mais nous qui, par les privilèges d'une
naissance que nous ne trouvons plus trop lointaine,
avons rêvé les derniers, sous l'ombre du Bois sacré
où les nymphes sont revenues sur les pas de Puvis
de Chavannes, par les gazons semés de crocus et

d'hyacinthe, au bord des sources où l'image de
Narcisse palpite parmi l'image des fleurs. Sous les
risées des ingénieurs et des chimistes, nous repren-
drons éperdument le chemin de ce mélancolique et
sublime paysage, et, à travers toutes ces tombes où
par lambeaux s'engloutit l'Idéal, nous irons encore
saluer, comme un suprême asile à nos révoltes et à
nos désespoirs, l'ombre chère de notre berceau !

II

Jésus-Christ ne s'était donc pas encore avisé de
naître pour l'humiliation des Pharisiens qui en devaient prendre une si belle revanche, quand Thestylis, fille de Mnasile, florissait dans l'éclat original
de sa quinzième année. En elle s'épanouissait à
peine encore la beauté qui la devait faire un jour
redoutable à l'égal des plus célèbres charmeresses.
Mais tout y révélait déjà la race de celles qui sont
faites pour dompter et meurtrir inexorablement les
cœurs. Son front étroit jaillissait comme une
veine de marbre de sa chevelure plus sombre que
les forêts de Thessalie, ou encore comme un rayon
de lune des profondeurs obscures de la nuit. Dans
ses yeux, très doux encore, rêvait, comme au fond
d'un lac, un scintillement d'étoiles. Sur ses lèvres
ignorantes, le sourire déjà s'infléchissait en baiser.
Elle était blanche, très blanche, blanche comme un

lys, et de la même pureté orgueilleuse, consciente du
trésor de rosée que l'aurore laisse dans les calices et
que, seul, fondra le soleil de l'amour. Les majestés
à venir se devinaient dans ses formes graciles, harmonieuses et souples comme les roseaux sous les
souffles du matin. Aux coupes de ses seins, à peine
un oiseau eût pu boire encore. L'ondulation de ses
hanches sous la tunique n'était encore que la vague
se dessinant dans une ride argentée de l'eau. Tout
respirait en elle la fraîcheur des réveils et ce frémissement obscur des sens qui met déjà des tentations à la bouche.

Celle qui devait vaincre par l'amour était elle-
même troublée par la première approche de l'amour.
Ses babillages d'enfant s'étaient tus — telle une
cage dont les hôtes sont envolés; — volontiers de-
meurait-elle des jours entiers silencieuse, les regards perdus dans un rêve flottant parmi les vapeurs légères de l'horizon. Les fruits pendus aux
haies ne tentaient plus, comme autrefois, sa lèvre
gourmande, et les doux sommeils qui l'étendaient
si blanche sur la blancheur immobile de sa couche
avaient aussi disparu. De mystérieuses inquiétudes
la tenaient debout, l'accoudaient aux portiques dans
la contemplation mélancolique des étoiles, la faisaient frémir aux moindres souffles, lui rosaient la
chair sous des aiguillons inconnus. Ou bien, pleine
d'une angoisse vague, par instants délicieuse, elle
se tordait sur son lit — telle, sur la braise des tré-
pieds pythoniens, la couleuvre aux beaux reflets
d'argent mêlés d'azur. Et de ce mal qui la dévorait
en dedans, par une timidité moins vertueuse qu'ins-

tinctive et sagement sensuelle, elle ne se confiait à
personne, gardait, pour tous, son apparente impas-
sibilité de Diane. Seul, son père, Mnasile, s'inquié-
tait en retrouvant intacts sur la table où ils lui
avaient été servis, la jatte de lait de chèvre et le
rayon de miel vierge dont elle eût fait jadis un si
friand repas. Car vous savez que nous sommes parmi
d'agrestes gens des anciens âges, par un couchant
d'or du beau Rêve antique, sous des cieux où dans
chaque étoile brillait l'âme d'un Dieu, au bord de
cette mer Syracusaine dont chaque flot murmure
encore le nom harmonieux de Théocrite et bien
avant que Jésus-Christ se fût avisé de naître pour
la plus grande gloire du calendrier grégorien.

III

Damétas n'avait pas tout à fait cinq ans de plus
qu'elle, mais il était déjà doué d'une bêtise promettant pour l'avenir. En ce temps d'idylles, librement
jeunes gens et jeunes filles s'allaient promener
dans le paysage, cueillir ensemble des fleurs sauvages, s'asseoir l'un près de l'autre au bord des
ruisseaux qui leur donnaient un conseil, sage et
pervers à la fois, en mêlant déjà, dans un même
frisson de pourpre, les bouches reflétées. Ainsi Damétas, son voisin, accompagnait-il souvent Thestylis par les allées, d'anthémis brodées, séparant
les pâturages, ou sur la lisière des bois que la

lumière oblique du jour déclinant traversait d'une
volée de longues flèches d'or, s'ébarbant aux bran-
chages. Mais au lieu de se complaire à la contemplation de cette belle rose en bouton qui l'enveloppait de ses parfums d'adolescence, l'imbécile s'amusait à tourmenter les nids des pierres de sa fronde
ou à poursuivre les beaux lézards verts qui lui laissaient aux doigts un morceau de leur émeraude vivante, en s'écrasant eux-mêmes sur les angles entre
deux pierres. Ces stupides occupations, et aussi la
détestable musique d'une flûte à cinq trous dont il
jouait faux à étouffer d'indignation les rossignols,
emplissaient les journées de flânerie à deux qui eussent été le ravissement d'un poète. Ravissement innocent, je vous prie. Car les plus pures, sinon les
plus complètes délices de l'amour sont dans les
prémices qu'il comporte et dans cet enchantement
des yeux qui lentement descend aux audaces de la
lèvre, aux battements éperdus du cœur... que sais-
je encore ! Agenouiller son être tout entier dans la
contemplation de la femme est ce que les raffinés
de passion ont encore trouvé de mieux. C'est une
invention qui vient toute naturelle à ceux qui sont
mieux doués que ce Damétas.

En vain Thestylis, par pur instinct de coquetterie,
lui prodiguait ses agaceries innocentes, laissant retomber, sur ses jolies épaules d'ivoire veiné de bleu,
sa lourde chevelure noire qui s'y déroulait voluptueusement comme un Styx désespéré à qui on eût
ouvert un lit dans le Paros ; serrant sa tunique aux
rondeurs de ses hanches pour en défendre les plis
contre les déchirures des ronces, ou bien les rele-

vant plus qu'il n'était nécessaire pour descendre
dans le ruisseau, ses jolis pieds ourlés de nacre rose
frémissant parmi les cailloux luisant dans la transparence azurée de l'eau ; dégageant son bras déjà
rondelet pour le tendre vers quelque mûre sai-
gnante au plus haut d'un buisson. Jamais le rustre
ne se fût retourné pour regarder tout cela. Jamais
il ne lui aurait adressé un seul mot d'admiration ou
seulement de politesse. Jamais Thestylis n'aurait
su qu'elle était belle, si Thestylis ne se fût rassurée, de ses propres yeux, contre ce dédain. Mais volontiers prenait-elle un plaisir, aussi légitime qu'infini, à se contempler soi-même, ayant acquis, sur
les moindres détails de sa petite personne, des no-
tions qui ne la rendaient pas plus modeste qu'il ne
convient. *In petto*, dans sa jolie poitrine à peine modelée en relief mais fleurie de deux roses, elle rendait une justice absolue à ses charmes, et s'avouait
fort bien, sans se faire d'ailleurs rougir, qu'elle
n'avait jamais rencontré de lys égalant en blancheur sa peau, d'airelle aussi noire que sa chevelure, de perle aussi étincelante que ses dents. Et
avec une curiosité toujours satisfaite, un peu d'impatience quelquefois, suivait-elle la belle évolution
de son corps, où s'aplanissaient les maigreurs de
l'enfance, vers l'épanouissement complet de la jeunesse nubile, de la triomphante puberté. L'eau des
sources solitaires, où s'ouvrent seuls les grands
yeux jaunes et discrets des nénuphars, avait souvent servi de miroir à ces études consolantes, à ce
désir bien naturel de se connaître soi-même, dont
Socrate a fait un adage de l'antique sagesse.

IV

Ce jour-là, dans son après-midi et pendant qu'elle avait fait un radieux bouquet d'asphodèles, Damétas avait tué à coups de pierre deux merles et une colombe, estropié quatre lézards, et rejoint deux trous de sa flûte en faisant claquer le bois à force de souffler dedans. Il était content de sa journée. Le soleil allumait, à l'horizon, un rouge bûcher, comme pour quelque holocauste immense. Les ramures, sombres déjà, se tendaient comme des palmes vers le lieu du sacrifice, vers les apprêts de ces grandes funérailles du Dieu de la lumière et de la vie. Dans l'air tiède passaient, avec les premières fraîcheurs du soir, l'effroi des premières ombres et la mélancolie des déclins. Un troupeau descendait de la montagne dans la spirale d'aboiements que les chiens hirsutes traçaient autour de lui, masse floconneuse ondulant comme une mer toute faite d'écume. Une dernière halte se fit ; les chiens s'arrêtèrent sur un signe du berger qui s'appuya sur son haut bâton. Les bêtes se mirent à brouter, rencontrant leurs petits naseaux humides et fumants aux plus belles touffes d'herbe.

Thestylis, plus rêveuse que jamais, se mit à les regarder.

Au milieu du troupeau dont les animaux, tous blancs, mêlaient leurs échines de façon à ne faire

qu'une nappe de neige un peu jaune, un seul mouton noir, crespelé, à la laine bourrue et foisonnante,
faisait comme une tache d'encre sur la candeur
d'un papier. Il attira vivement l'attention de la
jeune fille, qui, après l'avoir longtemps contemplé,
murmura :

— Tiens ! Il mange comme les autres !

— Tiens ! pourquoi donc pas ? fit Damétas en haussant galamment les épaules.

Un moment se passa. Le berger avait dressé une
façon de tente. Ses molosses enfermèrent dans un
cercle tous les moutons ; cependant que d'indécises
étoiles filtraient à la voûte assombrie du ciel, ceux-
ci replièrent sous eux leurs pattes, s'appuyant les
uns sur les autres, dans la pose du repos. Thestylis
regardait toujours le mouton nègre dont soudain
les reins s'abaissèrent comme ceux de ses compagnons. Alors, après un silence :

— Ça ne l'empêche pas non plus de dormir ! dit-elle.

— Cette bêtise, s'écria Damétas.

Mais elle, baissant les yeux, avec une expression
d'indicible mélancolie, et de l'index de sa main
droite touchant, comme pour mesurer, au ras de
l'ongle de l'index de sa main gauche :

— C'est que moi, fit-elle à voix presque basse,
qui n'en ai pas plus long que ça, depuis ce temps-là,
je ne dors ni ne mange plus !

Et songez que cela fut dit par un couchant d'or
du beau Rêve antique... sous les cieux où, dans
chaque étoile, brillait l'âme d'un Dieu, au bord de
cette mer Syracusaine dont chaque flot murmure
encore le nom harmonieux de Théocrite.

LE CHAPEAU

LE CHAPEAU

I

— Non, Mademoiselle, vous n'épouserez jamais
votre Landry !

Et la jolie baronne de Pète-Lucette prononça ces
paroles sur un ton d'autorité qui rendit, un instant,
presque tragique sa beauté, d'ordinaire avenante.

Guillemette se mit à pleurer. Jamais rose d'avril,
sous les matinales rosées, n'eut de telles fraîcheurs

et plus charmante était-elle encore dans ce désespoir enfantin. Car Guillemette avait seize ans à
peine et la baronne, qui l'avait élevée, bien qu'en
pleine maturité de jeunesse encore, prenait avec
elle des façons de petite mère. Souvent ensemble,
elles contrastaient, non pas seulement par le costume, — élégant chez la grande dame, de paysanne
chez Guillemette, — mais par le genre de beauté,
et jamais n'avait été plus parfaite l'antithèse de la
brune et de la blonde. Madame de Pète-Lucette,
dont la lourde chevelure était noire, avait la majesté
d'une statue antique et le beau sang latin avait mis
ses noblesses originelles sur son visage. Guillemette
était toute mignonne, blonde comme un rayon de
miel, avec une pointe de gaieté gauloise dans les
yeux clairs et dans le sourire quelquefois moqueur.
Mais comme vous le voyez, elle ne souriait pas toujours.

Et la baronne continuait, cependant que Guillemette fondait en larmes :

— Un paresseux, ce Landry ! un vagabond ! un
braconnier ! Mais veux-tu me dire un peu, petite
malheureuse, pourquoi tu aimes un pareil garne-
ment ?

— On connaît mal Landry, répondit, avec quelque
fermeté, Guillemette. On le dit paresseux parce
qu'on ne lui donne pas d'ouvrage. On l'appelle
vagabond pour éviter de le loger; enfin, on croit
qu'il maraude, parce qu'il aime le grand air, les
bois, la vie sauvage, les animaux et les fleurs. Pourquoi je l'aime, Madame ? Mais parce que tout enfants
nous courions ensemble dans les champs, parce

qu'il me défendait contre les chiens du berger, parce
qu'il cueillait pour moi les plus belles marguerites.
Est-ce sa faute s'il n'a pas trouvé, comme moi, une
amitié protectrice et s'il est resté ce que je serais
encore, si vous ne m'aviez prise auprès de vous? Et
puis, je lui ai toujours promis d'être sa femme...

— Assez, Mademoiselle! Retournez au petit
bonnet que vous brodez pour l'enfant à venir de
madame des Engrumelles.

Quand Guillemette, dont le pauvre petit cœur
éclatait en sanglots, eut obéi, la baronne s'assura
qu'elle était bien seule, prit dans son panier à
ouvrage un objet qu'il nous serait malaisé de définir
parce qu'elle nous tourna le dos, se pencha longtemps dessus comme pour y ajouter quelque chose,
le glissa sous une mantille qu'elle avait jetée sur
ses épaules et descendit à pas muets en regardant
derrière elle, gagna le jardin comme une ombre,
sous les grands arbres dont la cime était ensoleillée,
marcha jusqu'à la petite rivière qui coulait au bas
et qui semblait regarder le ciel par les yeux grands
ouverts de ses nénuphars d'or, se pencha parmi
les roseaux de la rivière et remonta d'un pas rapide
avec un éclair joyeux dans le regard. C'est vous
dire qu'elle ne ressemblait en rien à la mère de
Moïse livrant aux eaux bleues du Nil le berceau où
son fils était endormi.

Il y avait une tempête dans la maison quand elle
y rentra.

— Mon chapeau de paille! hurlait monsieur le
baron. Mon chapeau de paille! Voilà le troisième
qu'on me perd depuis huit jours! Jean! Mathieu,

14.

Barnabé ! Mon chapeau, ou je vous chasse tous !

— Mon Dieu, ne nous assourdissez pas, mon ami ! dit avec douceur la nouvelle entrée. Au prix où vous les payez, le dommage n'est pas grand. Et puis, n'accusez personne que vous-même ! Vous savez bien que vous égarez toutes vos affaires.

— Je veux mon chapeau !

Et sur ce propos délibéré, le gentilhomme sortit avec l'air d'un homme décidé à faire une enquête dans les moindres coins de la maison. Une vague envie de rire errait aux lèvres de carmin de la baronne. Puis une rêverie très douce descendit dans ses yeux et elle regarda l'heure comme si elle avait quelque impatience secrète au cœur.

II

Guillemette avait juré à Landry de lui donner une réponse et, si navrante que fût celle-ci, elle éprouvait avant tout le besoin de le revoir. Silencieuse, elle prit donc le bonnet du futur héritier des des Engrumelles sur le bord de sa chaise et, sans faire de bruit, gagna aussi le bord de la rivière, mais par un autre chemin que sa maîtresse, et traversant le potager sous une petite porte donnant accès sur la campagne. Au sortir du domaine de Pète-Lucette, le cours d'eau continuait à serpenter dans des terres communes jusqu'à ce qu'il s'enfonçât à nouveau, par la déclivité naturelle du sol, dans une autre propriété, celle du joli vicomte Adhémar de Beauvisage, qui n'habitait là que quelques mois de l'été, mais emplissait tout le pays de son élégance de sportsman et de godelureau à la mode. Entre les deux habitations seigneuriales, des champs émaillés de fleurs sauvages, des bouquets d'arbres échangeant leurs oiseaux, le long de l'eau, une jolie saulaie à laquelle le moindre souffle mettait des frémissements d'argent.

La méridienne battait son plein, un beau soleil descendant en nappe claire sur tout cela, quelques cigales chantant seules dans les buissons où se fonçait la pourpre des premières mûres, d'où la neige des dernières aubépines s'effaçait. On eût dit un beau tapis où des pierreries étaient tombées et que bordait une frange d'azur mouvant : la rivière. Cheveux au vent, la chemise grande ouverte sur la poitrine, Landry était là, furieusement mélancolique, seul ; car tous les autres étaient à déjeuner et il n'avait trouvé, lui, pour tout repas, que quelques mauvais fruits dans les arbres, ceux dont les autres n'avaient pas voulu. Mais ce n'est pas de cela qu'il était triste ; plutôt de l'inquiétude d'attendre Guillemette et de ne rien espérer de bon de ce qu'elle lui dirait. Machinalement il déployait une méchante ligne pour tâcher d'attraper quelques ablettes. Le père Gourju, qui était en retard, passa et lui dit :

— Dis donc, Landry, tu devrais tâcher de repêcher le fils au père Guillaume, qui s'est noyé ce matin, là-haut, près du moulin, en se baignant.

— Je ne le connaissais pas, répondit Landry, et
il n'avait jamais eu pour moi que de dures paroles.
Dieu ait son âme, mais ce n'est pas à moi à le chercher.

— Tu fais le dédaigneux, Landry. Vingt-cinq
francs, c'est bon à prendre.

Et le père Gourju le quitta en haussant les épaules,
ce qui était plus simple que de lui demander s'il
avait faim et ne prendrait pas bien quelque chose.

Landry, que le soleil brûlait à sa tête nue, descendit près de la saulaie où bientôt un léger frémissement de pas dans l'herbe l'avertit de l'arrivée
de Guillemette. Celle-ci avait suivi, malgré ses zigzags, ce chemin couvert pour n'être pas vue de la
maison qu'elle avait quittée.

Il comprit tout de suite en voyant qu'elle avait
les yeux rouges, et leur long baiser ne fit que confondre leurs larmes.

III

Ces pauvres enfants étaient purs comme des
anges. L'éloignement où l'avait tenu le mépris de
ses compagnons d'enfance avait isolé et comme
enfermé Landry dans son innocence sauvage.
Guillemette n'avait pas menti. Il n'aimait qu'elle
(et de quel candide amour !), l'air, les animaux et les
fleurs. Ce petit bohème de la vie rustique avait

l'âme d'un poète. Un coin de ciel était resté dans
ses grands yeux clairs et loyaux. Il ignorait tout de
la vie, ou, du moins, n'en savait que de quoi lui
préférer le rêve et fuir dans un idéal obscur, mais
certainement moins cruel. Il était ainsi d'instinct
et par une noblesse originelle où l'on aurait pu
chercher peut-être des atavismes mystérieux. Le
droit de jambage n'encanaillait pas précisément les
campagnes. La parfaite innocence de Guillemette
était moins malaisée à expliquer, celle qui l'avait
adoptée — c'est une justice à rendre à cette noble
dame — ayant veillé sur elle avec une sollicitude
vertueuse et continue.

Ainsi, la douloureuse entrevue entre ces singu-
liers amants ne fut-elle qu'un échange de caresses
presque fraternelles, mais où toute leur âme était
déjà dans la divination de joies plus parfaites et
plus profondes. Il suffit de se souvenir pour retrouver la trace d'heures délicieuses ainsi passées au
temps de la jeunesse ignorante, quand tant d'autres
délices plus violentes sont allées rejoindre nos rêves
dans l'oubli. Ils se sentaient si heureux, rien que
d'être auprès l'un de l'autre, qu'ils en oubliaient
leur peine et mêlaient des murmures de plaisir à
leurs soupirs.

— Je ne pourrai vivre sans toi, dit tout à coup
Landry, et si tu m'aimes, Guillemette, il faut que
tu fuies avec moi. Nous irons bien loin de ce pays.

Elle eut un frisson.

— Hésites-tu ? lui demanda-t-il avec angoisse.

— Oh ! non ! dit-elle. Mais je sens que c'est mal,
cependant.

Une amertume passa aux lèvres du jouvenceau :

— Et puis, fit-il, comment ferions-nous ? nous n'avons pas d'argent.

Et ils restèrent muets un instant, l'un près de l'autre, l'ironique réalité s'étant dressée entre eux et leur chimère.

Comme leurs yeux, lourds de pleurs, suivaient stupidement le cours de l'eau, leur regard se figeant, pour ainsi dire, dans le flot qui passait, s'accrochant aux nénuphars dont les libellules bleues caressaient la lourde paupière, un objet attira en même temps leur double attention : un chapeau de paille très bas, posé sur le fond, et qui voguait tranquillement, les bords en l'air, sa légèreté spécifique l'ayant préservé de l'inondation et du naufrage.

— Le chapeau du noyé ! fit Landry.

Guillemette eut un mouvement d'horreur.

— Ah ! si je le retrouvais, continua-t-il, j'aurais vingt-cinq francs et nous fuirions au bout du monde.

Et debout, fiévreux, il se mit à fouiller du regard l'eau très claire. Mais rien que les roseaux du fond qui se couchaient au mouvement du courant. Il fit quelques pas en avant, puis en arrière. Toujours rien dans cette transparence traversée de longs fils d'argent.

— Prenons toujours le chapeau, dit-il.

Et, du bout de sa ligne, il l'amena au rivage, doucement, sans le submerger.

— Peut-être le malheureux avait écrit quelque chose dedans, comme les gens qui jettent à la mer leur dernière pensée dans une bouteille, fit Guillemette, qui avait naturellement l'esprit fort éveillé.

Mais tout ce qui touchait à la mort lui faisait peur, elle regardait seulement.

— Vois donc, dit-elle à Landry.

Landry posa machinalement le doigt sous le cuir qui maintenait la coiffe. Il poussa un cri.

— C'est vrai ! fit-il.

— Lis bien vite.

Et Landry, toujours obéissant, déploya le billet et lut :

« Mon Adhémar bien-aimé, ce soir, à neuf heures, près de la porte du potager. Le baron dormira après son dîner certainement. Nous aurons une heure à nous. Quelle joie !... »

Guillemette arracha vivement le papier des mains de Landry, y jeta fiévreusement les yeux et reconnut l'écriture de sa bienfaitrice. Elle devint toute rouge et froissa vivement le papier, puis le glissa dans sa poche.

Que voulez-vous ? On n'est pas parfait. Cette excellente madame de Pète-Lucette élevait sa pupille à ravir, mais n'en donnait pas moins à son voisin de campagne des rendez-vous pour son propre compte. Très surveillée par le baron, qui était jaloux comme un tigre, elle avait trouvé ce moyen ingénieux de correspondre avec son galant au moyen des chapeaux de paille de son mari déguisés en nacelles et que le courant même de l'eau apportait à destination.

Sans dire un mot, Guillemette lui rendit son billet. Ce fut à la baronne de devenir toute rouge : mais elle devina le service rendu et, déchirant sa

missive en mille morceaux d'un air de parfaite indifférence :

— Mignonne, dit-elle, puisque tu aimes ce Landry, nous lui donnerons un emploi au château, et tu
l'épouseras à la Chandeleur prochaine.

Telle avait été la terreur de madame de Pète-
Lucette, qu'elle renonça à donner au vicomte des
rendez-vous, qui n'avaient été d'ailleurs jusque-là
que platoniques. Ainsi la douce vertu ne cessa-
t-elle pas de fleurir dans ce paysage béni du ciel.

TOTO

TOTO

I

— Allons! grand flandrin, va faire ta promenade,
puisque le médecin dit qu'il te faut le grand air.

Et, en apostrophant ainsi son mari, madame Mirevesse, moitié riant, moitié bougonnant, le poussait
doucement vers la porte. Puis elle ajouta :

— Ah! emmène le petit. Aristide! Aristide!

Mais Aristide ne répondit pas.

— Tu vois, dit sa mère, il s'est impatienté et aura
été jouer sur la place avec ses petits camarades.
Prends ton temps et ne le ramène que pour dîner.
J'ai de grands nettoyages à faire à la maison.

Menteuse, va ! Le doux Mirevesse n'avait pas fait
trois pas hors de la maison qu'elle se mettait à la
fenêtre, d'abord pour se bien assurer qu'il s'éloignait
vraiment et ensuite pour voir, impatiente, si quelque
autre ne venait pas.

Le quelque autre apparut bientôt sous les espèces
d'un gaillard considérable, ... s en muscles et en
couleur, d'athlétique aspect et faisant le plus remar-
quable contraste avec le doux Mirevesse, qui était
plutôt chétif et de souffreteuse apparence. Madame
Mirevesse ne se reprochait nullement de tromper ce
gringalet à qui on l'avait mariée toute jeune et sans
qu'elle sût bien précisément ce que c'est qu'un
homme. De nature héroïquement abondante et
charnue, elle jugea bien vite qu'on l'avait mésalliée
et chercha, dans ses voisins, un mâle à sa mesure,
un amant « de la grousse espèce », comme disent,
de leurs coqs, les gars berrichons dont mon ami, le
beau sculpteur Jean Baffier, contrefait si bien le
langage. M. Taillepet, pharmacien de son état,
lui était vite apparu comme l'ange qui lui devait
ouvrir la porte des paradis inconnus. Il était,
comme je l'ai dit, d'olympienne stature et vous eût
fendu une Anglaise en quatre, d'un seul coup de
canule, au temps des matassins de Molière qui ne
craignaient pas, comme les Italiens, le mauvais œil.
Bien entendu, avait-elle lié ensemble son mari et

celui qui le devait suppléer, en catimini, dans le
conjugal devoir. C'est une nécessité de la vie pro-
vinciale que cette intimité de l'amant et du mari.
Ceux qui, comme moi, la trouvent déplaisante, n'ont
qu'à aller faire leurs cocus à Paris. Mais il n'en faut
pas vouloir aux beautés départementales de cette
mode affectueuse. Il leur faudrait, à cause des
cancans, être vertueuses ou y renoncer, et vous ne
leur voudriez pas poser ce dangereux dilemme.

M. Mirevesse et M. Taillepet étaient donc, suivant une locution populaire, comme les deux doigts
de la main. J'entends qu'ils avaient le même gant,
bien que n'y entrant pas tous les deux en même
temps. Mais un observateur, même superficiel, eût
pu remarquer que M. Taillepet choisissait toujours,
pour venir causer avec son ami Mirevesse, le moment où celui-ci venait de sortir. Ainsi ne de-
vaient-ils pas se rencontrer plus souvent que Jean
de Nivelle et son chien. Mais madame Mirevesse
consolait le visiteur de ces absences vraiment fa-
tales du visité.

Ce jour-là, ce devait être comme tous les autres.
A peine Mirevesse parti, Taillepet apparut, dressa
son petit procès-verbal de carence et fut consolé.

II

Il faisait une admirable après-midi de printemps,
de celles dont on boit si avidement le soleil,

frileux encore, à travers les vitres de l'appartement,
au coin de la cheminée à peine éteinte. Un souffle
de renouveau semble filtrer déjà par les fenêtres
des croisées, tout chargé du parfum des amandiers
en fleurs, dans les jardins humides. L'haleine amoureuse des choses passe aussi dans nos poitrines et
les gonfle de désirs inconnus. La sublime proxénète
qu'est la nature s'évertue à troubler les âmes et à
réveiller les sens. D'impudiques exemples viennent
aux yeux de tout ce qui respire. La chanson des
ruts est partout vibrante et défiant la mort. Les
ailes palpitantes des oiseaux accouplés secouent
d'invisibles voluptés sur la terre, qui se pâme sous
l'étreinte des reptiles eux-mêmes enlacés. Les plus
immondes bourgeois, les traitants, les huissiers
eux-mêmes ont leur part de cette joie universelle
qu'aucun dieu ne distribue avec justice. L'immortelle
poésie des renaissances fait claquer les feuilles
sèches, que sont leurs âmes, comme un souffle
d'orage. Tout aime, jusqu'aux ignobles trafiquants,
jusqu'aux usuriers. C'est, en même temps, la gloire
et le déshonneur de l'Amour.

Après tout, le pharmacien Taillepet et madame Mirevesse étaient relativement d'honorables
créatures, sans une pointe de lyrisme, sans doute,
mais de santé estimable et de sensuelle valeur. Cette
grande joie était en eux de se sentir plus inexorablement poussés l'un vers l'autre par l'invisible poussée
des sèves s'épanouissant en boutons, aux blessures
des écorces. Leurs bouches se touchèrent avant
leurs mains; puis, emprisonnés dans les bras l'un de
l'autre, ils valsèrent lentement jusqu'au bord béant

du lit qui les reçut sans s'ouvrir, tant était grande
leur impatience. Et puis imaginez après tout ce qui
vous plaira, le balancement furieux des cloches
faisant ding! dong! dans l'air où le grand rosier de
Pâques a fleuri.

Tout à coup un imperceptible éternuement arrêta
net cette volée. Ce polisson d'Aristide, qui s'était
caché dans un placard pour manger des confitures,
et dont un coryza intempestif dénonçait la présence,
apparut tout penaud.

—Que faisais-tu là, petit gredin? s'écria M. Taillepet fort inquiet.

— Veux-tu t'en aller tout de suite! lui dit sa mère,
rouge d'émotion en même temps que de plaisir
comme une pivoine, mais n'ayant pas la patience de
se mettre en colère.

Et elle lui jeta des sous en ajoutant :

— Va acheter des gâteaux, puisque tu as faim, et
fiche-nous la paix!

Quand il fut parti, Monsieur Taillepet grommela :
« Pourvu qu'il n'ait pas regardé par la rainure du
placard! » Mais madame Mirevesse ne l'écoutait pas
et reprenait le carillon pascal si malencontreuse-
ment interrompu.

III

J'adore les places plantées de tilleuls des petites
villes, celles qu'on trouve le plus souvent devant le

porche des églises fermées pendant la semaine, et
où les gamins viennent jouer à la poussette, avec
des bancs écornés où de vieilles gens viennent
s'asseoir,

Débris d'humanité pour l'éternité mûrs.

Celle où sa promenade quotidienne amena M. Mirevesse était miraculeusement ombragée, en plein
été. Mais, en la saison où nous sommes, sa toi-
ture, faite de branches bourgeonnant seulement,
laissait passer le soleil pâle encore, dessinant, sur
le sable, un enlacement de petites ombres frissonnantes, et le vol même des oiseaux y passait en
traçant comme un reflet noir à terre, à moins que
leur rencontre amoureuse n'y découpât quelque
chinoiserie délicieusement obscène. Ce jardin municipal était quelque peu en amphithéâtre, et, de la
façon de terrasse qui le fermait, sans le séparer du
reste du paysage, la campagne apparaissait en
dessous, toute noyée de lumière humide, dans une
buée transparente où les lignes des choses s'estom-
paient dans une indicible impression de mélancolie. Le ciel changeant, tout galopé de petits
nuages gris et roses, descendait dans les cours d'eau
et y fuyait, semblant y faire voguer des fumées
d'azur. Mais je vous prie de croire que les flâneurs
du pays n'étaient pas à cet admirable spectacle.
Quatre heures étant le moment de leur concile
œcocuménique — car maître Mirevesse avait infiniment de confrères dans le pays et dans la profession
dont il aurait mérité d'ailleurs d'être le syndic, —
tous étaient bien sur le cours, comme on dit, — le

syndic Mirevesse en tête—mais occupés à regarder tout autre chose qui leur semblait bien autrement intéressant.

Azor, le chien du percepteur Bizeminette, et Toto, le chien du pharmacien Taillepet, faisaient une partie de lutte colossale, comme ont coutume de faire ces animaux dont nous craignons quelquefois de deviner le mobile émulateur. Sans y mettre d'ailleurs aucune méchanceté, — car les bêtes laissent à l'homme sa sournoise férocité, — loyalement et en bons toutous qui se connaissent, ils embrassaient le cou des pattes de devant, se secouaient en grognant de menteuses colères, s'arcboutaient sur les pattes de derrière, tendaient les reins en arc et les détendaient brusquement, finissant toujours par rouler à terre. Quelques godelureaux intéressaient la partie en mettant sur le vainqueur des sommes variant de cinquante centimes à un franc, au grand scandale des personnes raisonnables qui réprouvent qu'on risque son argent au jeu. Quelques imbéciles même essayaient, par de malsaines excitations, de faire dégénérer ce pacifique combat en véritable bataille. Mais leurs xi! xi! ne troublaient pas la sérénité belliqueuse de ces sages animaux que les agents provocateurs ne conduisent pas comme nos ouvriers.

Dans l'émotion de cette représentation populaire, M. Mirevesse ne vit pas tout d'abord son fils Aristide qui, pour mieux voir, s'était glissé entre les jambes paternelles. Mais, tout à coup, le reconnaissant à la voix joyeuse dont l'enfant criait: bravo! il lui dit :

15.

— Ah! te voilà, drôle! Pourquoi n'as-tu pas ré-
pondu quand je t'ai appelé pour sortir?

L'enfant soutint cyniquement qu'il n'avait pas
entendu. Puis, changeant brusquement la conversation :

— Ah! mon Dieu! fit-il, regarde, papa, comme
Toto tire la langue!

— C'est qu'il est le moins fort et n'en peut plus,
répondit M. Mirevesse. Mais, à propos, Aristide,
rien de nouveau à la maison?

— Rien de nouveau, fit l'enfant avec assurance.
Monsieur Taillepet est venu comme à l'ordinaire.

— Et que faisait-il avec ta maman quand tu es
sorti? demanda d'un ton indifférent M. Mirevesse.

— Je ne sais pas bien, mais il m'a semblé qu'ils
jouaient à faire battre leurs derrières et que celui
de maman était le plus fort. Car l'autre faisait
comme Toto.

Une brise tiède qui venait de la campagne toute
fleurie d'anémones et de violettes emporta bien vite
ce propos malséant dans le grand tournoiement d'air
tiède que battait l'aile des hirondelles autour du
clocher.

OU CERTAINS MOTS

POURRAIENT

ÊTRE PRIS POUR D'AUTRES

POURRAIENT ÊTRE PRIS POUR D'AUTRES

I

Et pourquoi pas, s'il vous plaît? Un peu long peut-
être mon titre, mais les nobles Espagnols les aiment
ainsi. Vive le naturalisme, morbleu ! pour le coup
vaillant qu'il a porté à la bégueulerie des idées ! Ce
n'est qu'en Angleterre que la vertu véritable est
faite de ces apparences honnêtes. Mais gardons, ô
mes enfants, la pudeur divine des mots et ces hypo-

crisies exquises qui firent le plus ingénieux de l'esprit français. Nos vieux conteurs, Rabelais le premier, que le mot n'effrayait cependant guère, ont surtout valu par un emploi délicat des sous-entendus. Appeler un chat un chat et Rollet un fripon, comme nous le recommande un Aristarque qui manque à son précepte dès le second hémistiche de son vers, ne sera jamais malaisé. C'est le style mis à la portée des illettrés, aujourd'hui, il est vrai, le plus grand nombre. Il n'y a vraiment œuvre d'art que là où le cerveau a mis, au passage, son empreinte sur la nature. J'admets à merveille qu'un peintre fasse des chefs-d'œuvre avec des sujets repoussants à force de vérité et de réalité brutale. Mais est-ce que, pour peindre son pouilleux, Murillo a enduit sa toile de véritable crasse humaine ? Non ! Il a pris sur sa palette le ton qui le rendait et qu'il a dû savamment composer, ce qui fait de son œuvre tout autre chose qu'une simple malpropreté. Ainsi, que ceux qui décrivent des vilenies prennent, au moins, la peine d'en chercher l'expression dans les ressources que nous offrent les finesses du langage. Un gros mot peut valoir par son inattendu et Zola en a tiré d'excellents effets comiques. Mais l'usage continuel du gros mot est simplement, dans le livre comme dans la causerie, l'indice d'une mauvaise éducation. Ceux-ci perdent même, à être prononcés, leur sonorité de mauvais aloi. On est descendu plus bas dans l'échelle des vocables, voilà tout. Oh ! la pensée qu'il faut insidieusement chercher dans l'expression perfidement bon enfant : voilà ce qui me semble d'un métier bien plus subtil. Et puis c'est un devoir,

en pareil cas, de n'être pas compris des innocents,
et un honneur de ne l'être jamais des imbéciles.
Pouvoir tout dire est ce que je sais de plus glorieux
et, si je n'y ai réussi, au moins y aurai-je tenté.
Mais là ! là ! là ! ne croyez pas, au moins, que des
serpents se cachent sous toutes mes fleurs, ni des
monstruosités sous mes airs de rêverie. Je ne cherche
rien au delà de ce qui charma toujours la verve
gauloise et je ne veux qu'empourprer encore le
verre de la gaieté française avec une goutte de sang
des aïeux fait de la sève de nos vignes ensoleillées.
Je veux toutefois demeurer de bon ton et voilà
pourquoi, aphasique volontaire et de pure fantaisie,
je prends quelquefois les mots les uns pour les
autres, ce dont qui mal y pense soit honni !

II

Le ménage Vessenfleur (ce nom n'est pas joli ?)
était un de ces ménages de province comme on en
voit beaucoup. Il avait passé l'âge des amours. Du
moins était-ce l'avis de Monsieur, mais non pas
celui de Madame. Qui donc a osé dire que la femme
vieillissait plus vite que l'homme ? Celui-là n'avait
certainement regardé que le buste de ses personnages. Ce qui fait la jeunesse, c'est pouvoir ce qui
en fait le charme, et, malheureusement pour nous,
la femme le peut encore qu'il nous est seulement

permis d'y songer en souvenir. M. Vessenfleur, de
poétique nature, en avait perdu jusqu'à la poétique
mémoire. Il détestait même qu'on lui en parlât.
Cette différence dans les aspirations mettait une
mélancolie boudeuse dans la communauté. Madame
était constamment d'une humeur exécrable et Monsieur, qui ne se sentait pas pourvu de la monnaie
dont il eût acheté la tranquillité, trouvait également
très misérable sa destinée. Les gens vicieux dont
l'imagination prolonge les joies, ont, à ce point de
vue, une réelle supériorité. Je n'en suis pas moins
pour l'attitude plus digne des vieux coqs qui, même
hors d'âge, sont respectés de leurs poules, en souvenir de leurs anciens exploits. Maintenant peut-être
que les exploits de Vessenfleur n'avaient jamais été
grand'chose. Il avait mûri dans les hypothèques
qu'on conserve mais qui ne conservent pas et l'ad-
ministration lui avait octroyé sa retraite en même
temps que l'Amour.

Ces chétives gens habitaient la rue Cantegril à
Toulouse où ils s'étaient retirés, Toulouse étant une
ville de peu de dépense. où l'on fait bonne chère à
bon compte et où l'on fait sauter, comme nulle part,
des poulets peu coûteux. La rue Cantegril est fort
bien abritée du soleil et fort recherchée, en été, de
ceux qui vont voir le musée. Mais, par cela même,
est-elle d'une gaieté relative, morte d'ailleurs et
n'ayant de jardins qu'aux croisées. Ils avaient là,
ma foi, un appartement fort logeable pour un petit
loyer. Mais Madame se mit à penser que ses vapeurs
lui venaient de la tristesse du quartier et commença
de tourmenter son mari pour aller vivre parmi les

splendeurs de la nouvelle ville. Car Toulouse a eu
son Haussmann. Un malfaiteur lui a traversé le
cœur d'une large voie où les tramways écrasent les
musards qui sont nombreux sous ce beau ciel. Car
l'azur du firmament toulousain pousse, même en
plein chemin, à de pareilles contemplations. Et les
belles filles qui passent, donc ! Et qui n'ont pas l'air
de venir en droite ligne d'Orléans ! Oui, Toulouse a
maintenant, à deux pas du Capitole, son avenue de
l'Opéra ! Comme je le déplorais un jour : — Vous
vous plaignez que la mariée est trop belle ! me répondit mon ami Roubichou. — Non ! monsieur Roubichou, lui répondis-je, et continuant son image, je
me plains de ce que la mariée est trop large et toujours pleine de monde.

Cet imbécile de Vessenfleur qui, ayant perdu le
nerf de la paix (on dit bien : le nerf de la guerre),
ne savait comment s'y prendre pour que son épouse
lui fichât quelque tranquillité, oui, ce crétin de
Vessenfleur qui croyait aussi que la vue des musards
écrasés par les tramways remplacerait, pour sa
femme, les caresses dont une loi impie a fait un
devoir, entra dans les visées de sa femme. Tous
deux arrêtèrent, en pleine rue Alsace-Lorraine, un
appartement — au cinquième, il est vrai — beaucoup plus petit que l'ancien, mais infiniment plus
cher et — rêve de leur existence de provinciaux !
— ayant un concierge ! *Quos vult perdere Jupiter
dementat.* On ne se jette pas dans la gueule du cer-
bère avec cet ironique entrain.

Oui, voilà ce qui les avait particulièrement
séduits, comme le dernier mot du luxe, la présence

de ce fonctionnaire détestable de la propriété bâtie,
de cette effroyable sentinelle qui veille à ce qu'il
n'entre pas chez nous une goutte de vin sans eau et
une mesure de bois sans déficit. Celui-là s'appelait
Lagrignolle. M. et madame Vessenfleur, qui avaient
cependant le droit d'être difficiles, trouvèrent ce
nom charmant !

Et la façon dont on l'éveillait, ce pipelet latin !
Dans le mur, à droite de la porte, un bouton corres-
pondant à une sonnerie électrique, avec cette men-
tion écrite autour : « Appuyez à petits coups secs
sur le bouton. » Que ce devait être amusant de se
servir de cette manivelle ! Oui, mais le ménage
Vessenfleur était toujours rentré de bonne heure,
quand la porte était encore ouverte. Absolument
inutile, et même solennellement interdit par le concierge de « Appuyer à petits coups secs sur le
bouton ». C'était le supplice de Tantale. Il était si
gentil, ce bouton en faux ivoire, luisant comme le
nez d'un chien et impertinent comme un museau
en trompette ! Il vous sortait de sa vasque en faux
porphyre avec un air si engageant ! Saint Antoine,
aidé de son cochon, n'eût pas résisté à une tentation
pareille. Ces gens de devoir y résistaient néanmoins, mais leur sommeil même en était hanté.

III

Il faisait vraiment fort chaud cette nuit-là et M. et
et madame Vessenfleur étaient parfaitement excu-

sables d'avoir rejeté leurs couvertures et même leurs draps fort au-dessous de leurs visages... Vous m'entendez ! Que vous m'entendiez ou non, la pudeur n'avait rien à y perdre ni à y gagner. — Vieux cocu ! disait une vieille dame à son mari. — Plus maintenant ! lui répondait en souriant celui-ci. Il en est de la pudeur comme du courage. Elle perd ses droits là où les perdent la beauté et l'amour. Il est fort indifférent à la morale que deux vieilles peaux ridées par le temps soient parfaitement nues, sous le regard indifférent des étoiles. Tous les deux jouissaient d'ailleurs des immunités de l'inconscience, étant profondément endormis, Madame en silence, et Monsieur en musique. Car il ronflait volontiers quand il ne faisait pas pis. A bon senteur salut !

Tout à coup, madame Vessenfleur sentit un doigt se poser sur sa paupière, un doigt qui y tremblotait avec insistance. Elle en fut réveillée, mais cette familiarité qu'elle prit, dans un sentiment de fatuité adorable, pour une erreur, ne lui déplaisait pas autrement, elle continua de faire celle qui repose. Comme machinalement, elle étendit elle-même la main dans une direction réciproque, et, saisissant avec légèreté le nez de son conjoint, lequel l'avait fort long, se mit à le frictionner affectueusement de la paume.

Mais il paraît que cette petite friction nasale ne fut pas du goût du ronfleur.

Car, interrompant son mugissement d'un formidable point d'orgue que scanda un soupir de la pédale soulagée :

— Morbleu ! s'écria-t-il d'une voix courroucée, madame Vessenfleur, qu'est-ce qui vous prend ?

La pauvre femme se réveilla, à son tour, comme d'un beau rêve :

— Mais, mon ami, fit-elle, je vous ferai observer que, vous-même, depuis un moment, me chatouilliez l'œil avec une obstination qui m'avait fait penser...

— C'était en songe, en cauchemar ! répondit le malhonnête Vessenfleur. Je rêvais qu'ayant été au théâtre du Capitole, je me trouvais tard à notre porte et j'appuyais, à petits coups secs, sur le bouton, comme il est recommandé !

— Eh bien, moi, mon ami, riposta madame Vessenfleur vexée, je rêvais aussi. Je rêvais que j'étais le concierge et que je vous tirais le cordon !

Oh ! la belle nuit qu'il faisait derrière la fenêtre, pendant que se rendormaient, après ce court dialogue, ces deux lamentables

Débris d'humanité pour l'éternité mûrs !

Car, nulle part, les nuits ne sont si belles qu'à Toulouse où les étoiles jaillissent du firmament sombre et bleu, comme des étincelles d'un immense caillou de lapis-lazuli.

LES JEUDIS D'ANATOLE

LES JEUDIS D'ANATOLE

I

A Richard Mandl.

Ah ! il y a belle lurette de cela ; car je sortais de l'École et j'avais juste eu le temps de briser ma première carrière pour me précipiter dans les aventures. C'était au temps de ma vocation de peintre, laquelle précéda ma vocation plus durable de poète lyrique. Je piochais le modèle nu chez mon ami

Feyeu-Perrin. J'y prenais même un plaisir extrême,
entre les poses surtout. J'étais un exécutant con-
templatif. Fort peu de ce qui se passait dans mon cerveau descendait dans mon crayon. Comme artiste,
ce n'est pas de moi qu'une femme jalouse eût pu
dire, comme madame Talma que complimentait une
amie d'avoir un époux si passionné en amour sans
doute : « Vous vous trompez bien, ma chère, tout
f... le camp dans la tragédie ! » Tout ne foutait pas
le camp dans la peinture, je vous en réponds. Mon
pauvre maître est mort et le souvenir de ce temps-
là est maintenant, pour moi, voilé de tristesse. J'y
ai passé cependant mes plus joyeuses heures de
bohème et j'y ai ri de quoi avoir le droit de pleurer
tout le reste de mes jours.

Mon camarade Anatole avait été infiniment plus
sage que moi. D'abord, ayant infiniment plus pioché
que moi à l'École, il était sorti dans les Ponts et
chaussées, que j'appelais les Pets et chaussons pour
le faire enrager. Il était merveilleusement assidu
à ses cours de la rue d'Enfer. Ce qui le complétait
d'ailleurs, au point de vue de sa carrière, c'est qu'il
aimait le monde. Il ne se contentait pas d'y aller. Il
recevait lui-même. Anatole avait ses jeudis, des
jeudis prodigieux dans son petit appartement de la
rue Jacob. Il y recevait des amis et des dames, une
surtout dont la vue flattait singulièrement mes
appétits callipyges, mais qui me semblait unie à
lui par des liens que respectait ma jobarderie naturelle. Car, en ce temps de probité excessive et de
délicatesse à outrance, je ne prenais jamais une
maîtresse à un ami sans l'en prévenir moi-même,

ce qui lui était une occasion excellente de me la
laisser sur les bras. Je fis ainsi plusieurs héritages
encombrants et coûteux. L'ami m'en avait voulu
d'abord, puis il me traitait avec une pitié recon-
naissante. J'ai subi bien des fois cette humiliante
magnanimité. Mais Hortense — ainsi se nommait
celle dont le pétard me faisait rêver — planait
infiniment plus haut que mes rêves, ce n'était pas
une piqueuse de bottines, mais bien une personne
fort élégante et dont le rapt eût excédé les ambi-
tions permises à ma bourse. Il me la fallait contempler d'en bas seulement, comme les étoiles... ses
yeux, comme la lune... son séant !

Elle présidait avec une grâce éclectique d'ailleurs, mais infinie, aux petites fêtes que nous donnait Anatole. Elle bourrait les pipes et servait la
bière, mais cela avec des façons de princesse,
du bout de ses doigts fuselés et blancs, bordés de
nacre rose. Et quand, dans son service, elle me
frôlait seulement de son excédent de charmes pos-
térieurs, j'en avais des frémissements aux moelles.
Je suivais, dans les ondulations de la marche et les
transparences avares de la jupe, l'ange joufflu qui
lui eût pu souffler sur les talons. Je m'en représen-
tais la blancheur souriante, l'épanouissement inso-
lent, le regard sournois et le sourire malin étouffé
par les joues. J'en devinais les fossettes circonflexes
pareilles à deux hirondelles voletant au-dessus d'un
abîme. Ce paysage vivant et mystérieux, montueux
comme les Pyrénées, avec ses coins de bois comme
les jardins d'Armide, me hantait positivement. —
Tout cela n'est pas pour ton fichu nez ! murmurait

16

à mon oreille la moquante Destinée. — Une espérance secrète me murmurait à l'autre oreille : — Qui sait! Car vous savez que nos deux oreilles n'entendent jamais la même chose, ce qui nous rend si souvent perplexes dans la vie.

Et les toilettes d'Hortense! ingénieusement courtes sur les bras et savamment échancrées au corsage, elles semblaient un reliquaire entr'ouvert d'où montent encore des parfums d'amour. Anatole recevait ses invités avec un sérieux de fonctionnaire. Il nous attendait toujours dans une tenue parfaite de maître de maison, devant un bon feu, dans la lumière tamisée de bleu et de rose des lampes.

Mais ce soir-là les choses ne devaient pas se passer ainsi.

II

D'abord Anatole, comme je l'ai su depuis, ayant été retenu par un dîner officiel plus tard qu'il n'aurait souhaité, avait fait dire à son concierge d'allumer le feu et les lampes, et de remettre la clef au premier des invités arrivants, lequel le suppléerait dans l'accueil dû aux autres. Cet honneur me fut réservé par le destin. Le concierge me remit les clefs. Mais c'est tout ce qu'il avait accompli du programme. Il avait complètement omis de mettre au

point le luminaire et de glisser un papier enflammé
sous les bûches du foyer. Je me trouvai donc, la
porte ouverte, dans une obscurité complète et froide.
Je fouillai dans ma poche. Mes allumettes étaient
restées à l'atelier. — Au fait, pensai-je, il faut bien
laisser aux autres un peu de cette déconvenue! Je
me complus même à l'idée de la tête qu'ils feraient
en se trouvant, comme moi, dans cette ombre glacée.
Connaissant à merveille les êtres de l'appartement,
je passai dans la seconde pièce qui servait de salon,
et je m'y étendis tout de mon long sur un canapé
dont mes doigts avaient aisément, même dans l'obscurité, rencontré la place. Mes yeux s'habituant
déjà un peu à ce manque de clarté, j'eus, à travers
les rideaux fermés, comme une appréhension de
blancheur vague, celle des étoiles qui scintillaient
derrière les vitres, des ombres chinoises à peine
distinctes dessinant, sur le voile, les silhouettes du
jardinet citadin qu'Anatole entretenait sur son
balcon. Pas d'autre bruit, d'ailleurs, que le ryth-
mique tic tac de la pendule, qui est bien ce que je
sais de plus berçant au monde. Tout naturellement,
donc, mes paupières s'abaissèrent sur cette vision
indistincte et fantastique. Je m'endormis et j'eus
un de ces rêves dont on ne connaît que plus tard la
mystérieuse origine et le coin de réalité.

Je rêvais que j'étais couché au revers d'une
prairie toute embaumée de sauvages fleurs, par une
nuit que le rossignol emplissait de ses harmonieux
sanglots, et que j'y pensais à Hortense. Dans cha-
cune des ombres vagues que dessinent les caprices
de la lumière sidérale modelant d'argent poudreux

leurs contours indécis, m'apparaissait son image.
Aussi tour à tour les saules d'un ruisseau voisin,
les voiles d'un brouillard léger, les tourbillons de
poussière blanche que le vent du soir soulevait de
la route avaient revêtu les traits d'Hortense. Mais
tous ces fantômes s'évanouissaient à mesure que je
tendais vers eux deux bras bien vite refermés sur
le vide. Galatée s'enfuyait à peine entrevue. Et une
lassitude désespérée me venait de toutes ces angoisses délicieusement inutiles, de toutes ces désil-
lusions. Une lassitude vraiment douloureuse et qui
montait, en larmes, dans mes yeux.

Soudain la lune apparaissait dans un déchirement
des nuées, une lune pleine et découpant un large
trou de lumière dans le firmament sombre. Le rossignol la saluait d'un redoublement d'harmonie. Le
parfum des fleurs sauvages semblait s'aiguiser à ses
rayons. Et cette lune parlait, au grand scandale des
étoiles qui sont des mijaurées silencieuses. Et cette
lune m'adressait personnellement de très consolantes paroles. Les Dieux auraient pitié de mon
amour. Ils tendraient à mes lèvres le large calice
dont elles étaient altérées. Jamais Endymion n'entendit plus doux langage et j'étais prisonnier d'un
charme indicible que je craignais d'effaroucher
rien qu'en respirant.

Tout à coup la lune, écartant de ses doigts d'argent ses jupes de nuées, descendit du ciel, comme
si, du même coup, l'agrafe de diamant qui l'y retient
s'était rompue. Elle s'abaissa lentement vers moi,
se dirigeant vers mon visage. Elle effleurait déjà
celui-ci, emplissant mes prunelles d'une immense

clarté blanche. Un éblouissement m'enveloppa
comme si s'écrasait sur moi une moisson de lys ou
une avalanche de neige. J'allais pousser un cri de
stupeur joyeuse. Je m'éveillai dans une impression
de fraîcheur parfumée, inouïe, dans un large baiser
de chair ferme et vibrante, cependant que ma bonne
oreille me murmurait : — Tu vois bien qu'il était
pour ton fichu nez !

— Ah !

J'entendis ce petit cri faiblement poussé, un bruit
soyeux de jupes, et je me retrouvai seul dans l'obscurité.

Je tendis les mains en avant, comme un fou,
comme un halluciné, et rencontrai deux mains de
femme.

— Pardon ! Monsieur, fit la voix très émue d'Hortense. Mais je ne savais pas qu'il y avait quelqu'un là.

J'eus alors, d'un seul coup, comme par le déchirement d'un voile, la conception très nette de ce
qui s'était passé. Pendant que je dormais, Hortense,
trouvant la clef sur la porte, était entrée, et, se
trouvant dans l'obscurité, était venue, comme moi,
se reposer sur le canapé. Ainsi s'était-elle assise en
plein sur mon heureux visage.

Déjà j'étais à ses pieds, mais elle me repoussait.
Elle s'arrachait à mes étreintes et en dégageait ses
genoux. Il me semblait cependant qu'elle allait
devenir moins impitoyable, quand de nouveaux
pas résonnèrent dans le couloir. La porte s'ouvrit
dans le vestibule à côté. Une voix, celle d'Anatole,
dit tout haut :

— Les imbéciles! Ils ne m'ont pas attendu et ils
ont laissé la clef sur la porte!

En même temps, un double tour fut roulé dans la
serrure, puis les pas s'éloignèrent. Anatole s'en
allait, après nous avoir enfermés!

III

Quos vult perdere Jupiter! Le Destin s'en mêlait,
et Hortense, comme moi, était fataliste. Et puis, sa
fierté, sinon sa tendresse était blessée de l'idée
qu'Anatole profitait cyniquement de son absence
pour découcher. Nous étions toujours sans lumière.
Mais si la foi a des yeux, l'amour en a de bien meilleurs qu'il porte, comme les limaçons, au bout des
doigts. Je ne le vis point, ce pétard glorieux d'Hortense, mais je pourrais cependant encore, après
vingt ans passés, le décrire. Homère et Milton
n'avaient été que poètes. Moi j'étais géographe,
explorateur et j'aurais donné toutes les Amériques
de Christophe Colomb pour celle-là! Conquérant
pacifique et doux, je n'y persécutai aucun Incas.
J'avais mieux à faire. Hortense prenait un goût
évident à la vengeance et moi j'en avais pris mon
parti, de la trahison. Anatole n'était pas un de ces
hommes qu'on trompe à demi. Jamais habit de cocu
ne fut brodé plus consciencieusement sur toutes les
coutures. Mais l'aube! l'aube fatale arriva. L'aube,

à la fois généreuse et cruelle. Car elle me permettait de voir tout en m'ordonnant de partir. Partir? comment? Le balcon fleuri d'Anatole était mitoyen d'un autre balcon que j'enjambai. Je tombai ainsi sur un militaire en retraite qui faisait sa barbe à la croisée. Voyant à ma tenue que j'étais, non pas un voleur, mais un amoureux, il me fit un accueil charmant.

— Je suis enchanté, me dit-il, que mon voisin soit cocu. Ça me fera rire quand je le rencontrerai! Ça mettra un peu de gaieté dans la maison!

Il m'offrit une tasse de chocolat. Ce n'était pas de refus. J'avais besoin d'être ravigoté. Comme j'allais prendre congé de lui, j'entendis du bruit à travers la cloison. C'était Anatole qui rentrait et qu'Hortense accablait de reproches.

— Hein! les femmes! me dit le militaire retraité en se frottant les mains.

Et, sur mon chocolat, il m'offrit un petit verre de vieux rhum que je bus à la santé d'Anatole.

O temps lointain! Anatole est inspecteur général, et je ne suis qu'un pauvre ciseleur de rimes. Mais le derrière d'Hortense? qu'est-il devenu?

TABLE DES MATIÈRES

Le nez symbolique 1
Le faux Zacharie 13
Petites gens. . . . . ' 25
Confiteor 37
Flóot de neige. 47
La poularde 59
Châtiment céleste. 69
Le concupiscent châtié. 81
Fonte de neiges. 93
La fausse dévote. 103
Grave affaire 115
Ornithologie. 125
Fantaisie mythologique 137
Le proverbe 147
Greffe humaine 159
La belle charcutière. 171
La robe de Nessa 181
Bon conseil. 193
Leçon de choses. 205
Le dynamomètre 217
Églogue. 229
Le chapeau 241
Toto 253
Où certains mots pourraient être pris pour d'autres . . . 263
Les jeudis d'Anatole 273

EMILE COLIN. — Imprimerie de Lagny.

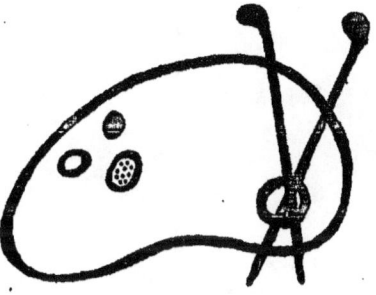

Original en couleur
NF Z 43-120-8